青語百品

品读诗词中国

唐詩百品

苏若荻

中国财经出版传媒集团
经济科学出版社

前 言

　　唐诗是中国古代诗歌发展史的巅峰，涌现出了一大批杰出的诗人，传世唐诗多达五万余首。与前代相比，唐诗在体裁上不断创新且趋于完备，除了乐府中流行的五言古诗外，七言古诗、五言绝句、七言绝句都开始盛行。尤其是律诗盛极一时，律诗分为每行五言，每首八句的五律和每行七言，每首八句的七律，中间四句需对偶，首尾四句可灵活一些，律诗与乐府在形式上最大的不同是前者讲究平仄音调，而后者更为宽松。与前代相比，唐诗在内容上更为丰富，从家事国事到个人情怀；从山川河流到万千气象；从一草一木到乡村城色；从市井生活到佛道禅修，皆可入诗。李白的浪漫主义、杜甫的现实主义、王维的山水情结，流派众多，异彩纷呈，充分展现着唐代文化的风貌。尤为重要的是，时至今日，唐诗的一辞一字仍然足以触动我们的内心，融入我们的情感，没有丝毫的时空隔阂。

　　在浩如烟海的唐诗中选取百首，实在是难于上青天，我们本着动人、简洁、易记、上口的原则，略加甄选，成此《唐诗百品》，与同好共同欣赏。

目 录

送杜少府之任蜀州	王 勃	001
回乡偶书	贺知章	003
登幽州台歌	陈子昂	005
桃花溪	张 旭	007
望月怀远	张九龄	009
出 塞	王之涣	011
登鹳雀楼	王之涣	013
宿建德江	孟浩然	015
春 晓	孟浩然	017
夏日南亭怀辛大	孟浩然	019
留别王维	孟浩然	021
早寒有怀	孟浩然	023
过故人庄	孟浩然	025
塞下曲	王昌龄	027
芙蓉楼送辛渐	王昌龄	029
次北固山下	王 湾	031
终南望余雪	祖 咏	033
燕歌行	高 适	035
鹿 柴	王 维	037
竹里馆	王 维	039
送 别	王 维	041
杂 诗	王 维	043
九月九日忆山东兄弟	王 维	045
山居秋暝	王 维	047
辋川闲居赠裴秀才迪	王 维	049
归嵩山作	王 维	051

汉江临眺	王　维	053
终南别业	王　维	055
送　别	王　维	057
渭川田家	王　维	059
相　思	王　维	061
下江陵	李　白	063
怨　情	李　白	065
送孟浩然之广陵	李　白	067
送友人	李　白	069
渡荆门送别	李　白	071
夜泊牛渚怀古	李　白	073
赠孟浩然	李　白	075
长相思（二首）	李　白	077
行路难	李　白	079
宣州谢朓楼饯别校书叔云	李　白	081
将进酒	李　白	083
子夜吴歌	李　白	085
关山月	李　白	087
春　思	李　白	089
下终南山过斛斯山人宿置酒	李　白	091
月下独酌	李　白	093
静夜思	李　白	095
长干行（二首）	崔　颢	097
破山寺后禅院	常　建	099
秋日登吴公台上寺远眺	刘长卿	101
送灵澈	刘长卿	103

送上人	刘长卿	105
寻南溪常道士	刘长卿	107
饯别王十一南游	刘长卿	109
八阵图	杜甫	111
江南逢李龟年	杜甫	113
春望	杜甫	115
月夜忆舍弟	杜甫	117
天末怀李白	杜甫	119
旅夜书怀	杜甫	121
望岳	杜甫	123
白雪歌送武判官归京	岑参	125
枫桥夜泊	张继	127
送崔九	裴迪	129
夕次盱眙县	韦应物	131
长安遇冯著	韦应物	133
滁州西涧	韦应物	135
秋夜寄丘员外	韦应物	137
送李端	卢纶	139
游子吟	孟郊	141
送僧归日本	钱起	143
春怨	刘方平	145
月夜	刘方平	147
问刘十九	白居易	149
草	白居易	151
琵琶行	白居易	153

长恨歌	白居易	159
乌衣巷	刘禹锡	169
江雪	柳宗元	171
溪居	柳宗元	173
渔翁	柳宗元	175
行宫	元稹	177
寻隐者不遇	贾岛	179
题金陵渡	张祜	181
秋日赴阙题潼关驿楼	许浑	183
赤壁	杜牧	185
无题	李商隐	187
登乐游原	李商隐	189
渡汉江	宋之问	191
章台夜思	韦庄	193
台城	韦庄	195
杂诗	无名氏	197
寄人	张泌	199
夜船	韩偓	201
寒食夜	韩偓	203
春怨	金昌绪	205
贫女	秦韬玉	207

| 同是宦游人 |

国家博物馆藏

送杜少府之任蜀州

王 勃

城阙辅三秦,风烟望五津。
与君离别意,同是宦游人。
海内存知己,天涯若比邻。
无为在歧路,儿女共沾巾。

【品读】

此诗为送别佳作,写的是别后情谊,其"海内存知己,天涯若比邻"之句,已成千古经典。三秦,谓关中之地。城阙,谓长安城阙。辅,可领会为连接。五津,蜀州一带长江上的五个渡口,此可代指蜀州。最后一联是王勃自我感伤,朋友已到蜀州赴任,而我仍碌碌无为,尚在歧路徘徊。

| 笑问客从何处来 |

陕西省博物馆藏

回乡偶书

贺知章

少小离家老大回,乡音无改鬓毛衰。
儿童相见不相识,笑问客从何处来。

【品读】

衰(cuī),衰减、减少。少小离家老大回,回乡之欣喜、恬然,点出人人心中都存在的乡愁。

| 念天地之悠悠 |

陕西省博物馆藏

登幽州台歌

陈子昂

前不见古人,后不见来者。
念天地之悠悠,独怆然而涕下。

【品读】
　　此诗颇直白,似一人独立于旷野,前后四顾,唯茫茫而无他。所谓怆然涕下者,当感天地之无垠,叹人生之苦短也。

| 石矶西畔问渔船 |

南京博物院藏

桃花溪

张　旭

隐隐飞桥隔野烟，石矶西畔问渔船。
桃花尽日随流水，洞在清溪何处边？

【品读】

桃花溪，南北多处均有此名。张旭至于桃花溪畔，自然想到陶渊明桃花源之描述，遂有感而发。矶（jī），水边突出之石。洞，指陶渊明所描述的进入桃花源的洞口。

| 竟夕起相思 |

陕西省博物馆藏

望月怀远

张九龄

海上生明月，天涯共此时。
情人怨遥夜，竟夕起相思。
灭烛怜光满，披衣觉露滋。
不堪盈手赠，还寝梦佳期。

【品读】

　　望月兴思，自古皆然。此诗借景言情，写得细腻、感人。遥夜，长夜。竟夕，终夕、一夕也。灭烛，与《夜夜曲》一诗有异曲同工之妙："愁人夜独伤，灭烛卧兰房。只恐多情月，旋来照妾床。"盈手，握于手中也。

| 春风不度玉门关 |

洛阳博物馆藏

出 塞

王之涣

黄河远上白云间,一片孤城万仞山。
羌笛何须怨杨柳,春风不度玉门关。

【品读】

空灵与心曲之交融,了无痕迹。黄河白云、孤城危岭,写尽塞外之旷远与悲凉;羌笛春风之解,则道出行者内心之欲说还休的细微感受。此处杨柳应为双指,既指古笛曲之《折杨柳》,又指折柳相送之杨柳。

| 欲穷千里目 |

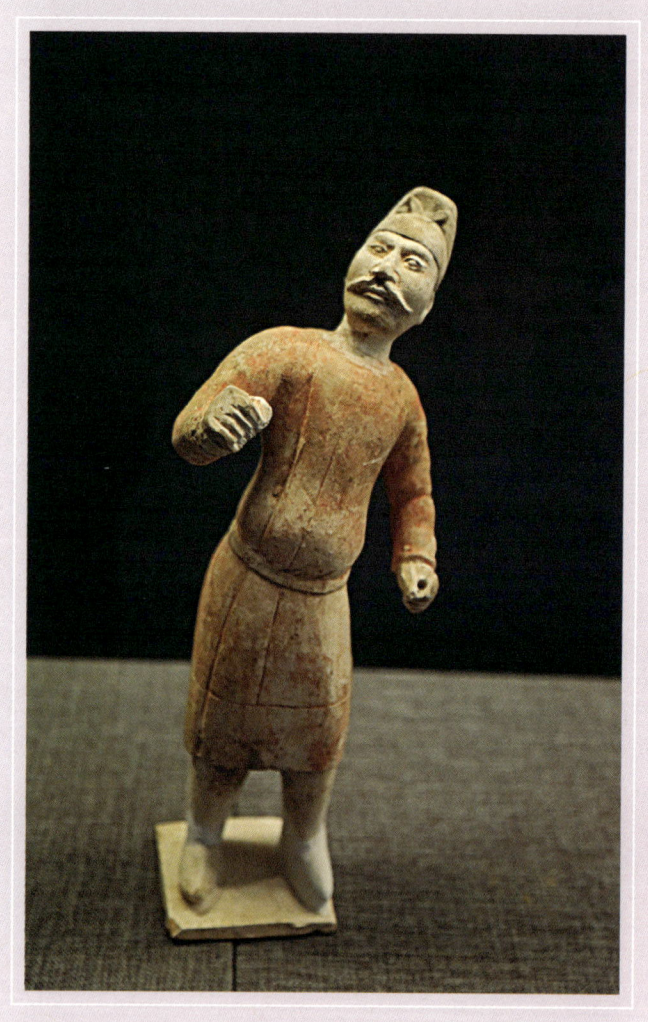

洛阳博物馆藏

登鹳雀楼

王之涣

白日依山尽,黄河入海流。
欲穷千里目,更上一层楼。

【品读】
　　此景系长焦远景。长河入海,远山落日,已不能让诗人慰藉心志,遂更上层楼,寻更为杳远之风景。前人多视其为述志之作,并不尽然。鹳(guàn)雀楼,故址在今山西省永济市。

| 日暮客愁新 |

陕西省博物馆藏

宿建德江

孟浩然

移舟泊烟渚,日暮客愁新。
野旷天低树,江清月近人。

【品读】

渚,水中小洲。烟,谓水边雾气。此诗写清冷孤寂之客愁,可与"烟波江上使人愁"对读。建德江,即唐建德县境内之新安江。

| 处处闻啼鸟 |

陕西省博物馆藏

春　晓

孟浩然

春眠不觉晓,处处闻啼鸟。
夜来风雨声,花落知多少。

【品读】

此诗为人生感悟之隽品,平实之中,可见大雅。

| 荷风送香气 |

陕西省博物馆藏

夏日南亭怀辛大

孟浩然

山光忽西落，池月渐东上。
散发乘夕凉，开轩卧闲敞。
荷风送香气，竹露滴清响。
欲取鸣琴弹，恨无知音赏。
感此怀故人，终宵劳梦想。

【品读】

　　暮光隐于山岭，初月升于池塘。散开发结，开轩闲卧，如在凉棚之中。荷塘来风，竹林落露，万物共夜色于一体。当此情景，雅兴大发，"欲取鸣琴"之时，却见知音不在，伤感不已，终宵梦思。此种闲致，唯汉唐中人可得而有之。无怪乎研究人类文明史的大师汤因比有言，如果可以选择的话，他希望能做一个公元一世纪时的汉朝人。此诗之难字有二：轩，门窗也；敞，凉棚也。"开轩卧闲敞"谓打开门窗，则屋舍即如闲场也。

| 欲寻芳草去 |

南京博物院藏

留别王维

孟浩然

寂寂竟何待,朝朝空自归。
欲寻芳草去,惜与故人违。
当路谁相假,知音世所稀。
只应守寂寞,还掩故园扉。

【品读】

当路,谓当政者。相假,相助也。此诗是诗人与王维留别之作。既守寂寞,何必计较当路与知音。

| 乡泪客中尽 |

南京博物院藏

早寒有怀

孟浩然

木落雁南渡,北风江上寒。
我家襄水曲,遥隔楚云端。
乡泪客中尽,孤帆天际看。
迷津欲有问,平海夕漫漫。

【品读】

　　落叶归雁,北风乍寒,惹出乡愁一片。而诗人迷津无助,一事无成,更是愁中之愁。自古以来,衣锦还乡往往是过眼云烟,而失意之乡愁总是绵延久长。

| 邀我至田家 |

国家博物馆藏

过故人庄

孟浩然

故人具鸡黍,邀我至田家。
绿树村边合,青山郭外斜。
开轩面场圃,把酒话桑麻。
待到重阳日,还来就菊花。

【品读】

乡情、友情、物外情,被此诗写尽。"绿树村边合,青山郭外斜",写乡里远景。"开轩面场圃,把酒话桑麻",写故人近感。远近相融,自然带出重阳之约。轩,小窗也。

| 昔日长城战 |

国家博物馆藏

塞下曲

王昌龄

饮马度秋水,水寒风似刀。
平沙日未没,黯黯见临洮。
昔日长城战,咸言意气高。
黄尘足今古,白骨乱蓬蒿。

【品读】

　　临洮,今甘肃临洮,长城之西端。此诗先写边塞争战之艰辛,又言军士之意气飞扬,但末联两句却是题义所在,古今以来,唯黄尘层复,白骨散乱于蓬蒿之间。

| 平明送客楚山孤 |

南京博物院藏

芙蓉楼送辛渐

王昌龄

寒雨连江夜入吴,平明送客楚山孤。
洛阳亲友如相问,一片冰心在玉壶。

【品读】

　　王昌龄孤身在外,送客归乡,将一片乡情托归客带上。鲍照《白头吟》:"直如朱丝绳,清如玉壶冰。"玉壶之冰,谓纯洁无瑕也,此喻亲情依旧。

| 乡书何处达 |

陕西省博物馆藏

次北固山下

王 湾

客路青山外,行舟绿水前。
潮平两岸阔,风正一帆悬。
海日生残夜,江春入旧年。
乡书何处达?归雁洛阳边。

【品读】

北固山,在江苏镇江北,长江岸边。次,旅次、旅途停驻。诗人家居洛阳,当岁末年初之际,羁旅异乡,因有是作。此诗以旅人心境,写出江中夜景。"生残夜"之"生"与"入旧年"之"入"为画龙点睛。

| 城中增暮寒 |

国家博物馆藏

终南望余雪

祖　咏

终南阴岭秀，积雪浮云端。
林表明霁色，城中增暮寒。

【品读】

此终南即长安城南之终南山。终南望余雪，乃长安城中望终南余雪也。霁(jì)色，雨过天晴之色。

| 美人帐下犹歌舞 |

南京博物院藏

燕歌行

高 适

汉家烟尘在东北,汉将辞家破残贼。
男儿本自重横行,天子非常赐颜色。
摐金伐鼓下榆关,旌旆逶迤碣石间。
校尉羽书飞瀚海,单于猎火照狼山。
山川萧条极边土,胡骑凭陵杂风雨。
战士军前半死生,美人帐下犹歌舞。
大漠穷秋塞草衰,孤城落日斗兵稀。
身当恩遇恒轻敌,力尽关山未解围。
铁衣远戍辛勤久,玉箸应啼别离后。
少妇城南欲断肠,征人蓟北空回首。
边风飘飘那可度,绝域苍茫更何有。
杀气三时作阵云,寒声一夜传刁斗。
相看白刃血纷纷,死节从来岂顾勋?
君不见沙场征战苦,至今犹忆李将军。

【品读】

唐人写边塞诗者,高适、岑参可称双峰,读后无不被其豪壮、悲凉所感动,字字节节之中,洋溢着大丈夫的英雄豪气,又点染出疆场之凄厉与身后怨妇之无奈。若再区分,高适之诗,如身处其境;岑参之诗,则似战地观感。

且读此诗,先写军中豪迈之气,自"汉家烟尘"至"单于猎火";再写军士征战之苦,自"山川萧条"至"力尽关山";又写身后的闺怨与征人的乡思,自"铁衣远戍"至"征人蓟北";最后讲述疆场之凄厉与无奈,"边风飘飘那可度,绝域苍茫更何有",读之可谓回肠荡气。

"汉家"、"汉将"之汉,均以汉喻唐。横行,驰骋疆场。摐(chuāng)金,击钲(zhēng),钲为军中乐器。伐鼓,击鼓。榆关,在今陕西北部,为古时要塞。碣(jié)石,即碣石山,在渤海岸边。狼山,在今阴山山脉中。凭陵,侵陵。蓟(jì)北,蓟州之北,指东北边关。刁斗,军中器物,白日煮饭,夜间用于打更报时。李将军,西汉抗匈名将李广。

| 空山不见人 |

国家博物馆藏

鹿　柴

王　维

空山不见人，但闻人语响。
返景入深林，复照青苔上。

【品读】

上韵写尽空灵，下韵看穿红尘。返景，西斜之阳光返照也，静谧之中，透出日复一日之无奈。鹿柴，即鹿砦（zhài），圈养麋鹿之篱栅。王维《辋川集并序》："余别业在辋川山谷，其游止有孟城坳、华子冈、文杏馆、斤竹岭、鹿柴、木兰柴、茱萸泮、宫槐陌、临湖亭、南垞、欹湖、柳浪、栾家濑、金屑泉、白石滩、北垞、竹里馆、辛夷坞、漆园、椒园等，与裴迪闲暇各赋绝句云尔。"

| 弹琴复长啸 |

南京博物院藏

竹里馆

王 维

独坐幽篁里,弹琴复长啸。
深林人不知,明月来相照。

【品读】

篁(huáng),竹林。此诗人独享清幽之写照。

| 山中相送罢 |

河南博物院藏

送　别

王　维

山中相送罢，日暮掩柴扉。
春草年年绿，王孙归不归。

【品读】

　　王孙，本指贵公子，此指远游之行人，系化芳草萋萋，王孙不归之典而来。此诗动静相合，写出了深山与朝市两个天地。

| 君自故乡来 |

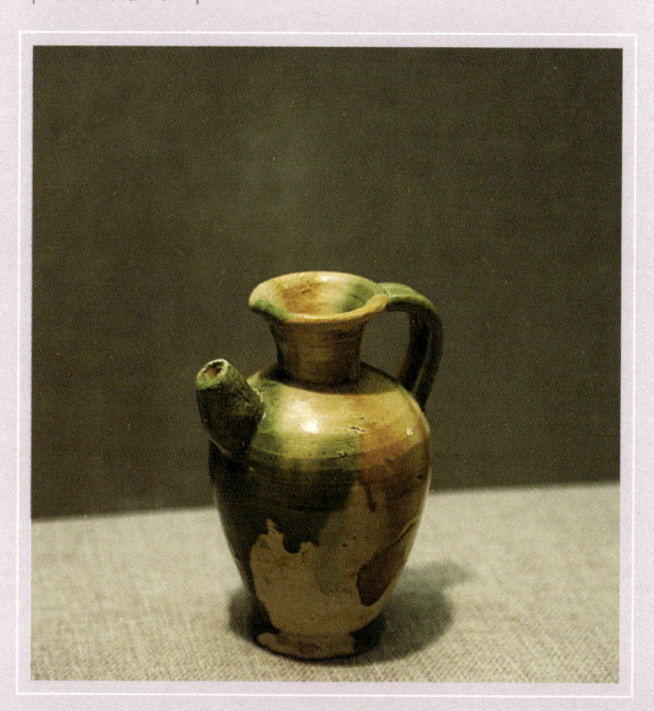

洛阳博物馆藏

杂 诗

王 维

君自故乡来,应知故乡事。
来日绮窗前,寒梅著花未?

【品读】

小诗小事,只问故乡故宅窗前之梅花开否,却道尽万千乡思乡愁。绮(qǐ),一种素纹丝绸,绮窗,丝纱之窗。

| 每逢佳节倍思亲 |

西安博物馆藏

九月九日忆山东兄弟

王 维

独在异乡为异客,每逢佳节倍思亲。
遥知兄弟登高处,遍插茱萸少一人。

【品读】

农历九月初九为重阳节,有登高之俗。茱萸(zhū yú),一种植物,相传重阳之日,将茱萸插头上可避邪。该节是古代少有的集群性户外活动节日,故诗人倍增思乡怀旧之情。与此节日类似者还有元宵节等,亦易于产生思乡之佳作。

| 竹喧归浣女 |

洛阳博物馆藏

山居秋暝

王 维

空山新雨后，天气晚来秋。
明月松间照，清泉石上流。
竹喧归浣女，莲动下渔舟。
随意春芳歇，王孙自可留。

【品读】

　　清新天然，佳景可人，陶然忘机之境，又胜于采菊之东篱。归浣女，浣洗归家之女子也；下渔舟，返程之渔舟也。"竹喧归浣女"一联为全诗点睛之笔。暝（míng），日暮、黄昏。

| 临风听暮蝉 |

陕西省博物馆藏

辋川闲居赠裴秀才迪

王 维

寒山转苍翠，秋水日潺湲。
倚杖柴门外，临风听暮蝉。
渡头余落日，墟里上孤烟。
复值接舆醉，狂歌五柳前。

【品读】

　　王维是真隐士，寄情山水，超然物外，故而，其闲居之诗，均恬淡清新，无半点失意之情。该诗以大部分文字写"倚杖柴门"之闲适，写出诗人不是落魄之蛰居，而是寄情超然之惬适，天人一境，禅思绵长。最后两句仍是强调其天然心志。辋（wǎng）川，河流名，流经终南山下，在今陕西益田县境内。潺湲（chán yuán），水流平缓之貌。接舆，与孔子同时代之隐士，曾劝孔子归隐山林。五柳，即陶渊明，不为五斗米折腰，隐居乡里，其"采菊东篱下，悠然见南山"可与王维此诗对读。

| 车马去闲闲 |

河南省博物院藏

归嵩山作

王 维

清川带长薄,车马去闲闲。
流水如有意,暮禽相与还。
荒城临古渡,落日满秋山。
迢递嵩高下,归来且闭关。

【品读】

薄,草木丛生之处。长薄,谓草木绵长,一望无际。此诗又是诗人真隐之作,悦目于青山绿水,赏心于荒城古渡,有闲云野鹤之致,而无苍凉晦暗之情,一句"归来且闭关",道出仙骨上人境界。迢递,遥远之貌。

| 留醉与山翁 |

河南省博物院藏

汉江临眺

王 维

楚塞三湘接,荆门九派通。
江流天地外,山色有无中。
郡邑浮前浦,波澜动远空。
襄阳好风日,留醉与山翁。

【品读】

此诗是诗人在襄阳北之汉江畔远眺之作。襄阳属楚地北境,通过汉江与湖南相接,故云"楚塞三湘接"。三湘,谓湘潭、湘乡、湘阴,又可代指湖南之地。荆门,即荆楚之门户,亦指襄阳。九派,九条支流。郡邑浮前浦,谓襄阳城边浮动着浦津渡口。山翁,谓晋时山简,此公曾镇守襄阳,嗜酒常醉。此诗远景近观,俨然一幅水墨大写意。末联"山翁"一句,又似细纤工笔,勾勒出王维心中的天人合一图。

| 兴来每独往 |

河南省博物院藏

终南别业

王　维

中岁颇好道，晚家南山陲。
兴来每独往，胜事空自知。
行到水穷处，坐看云起时。
偶然值林叟，谈笑无还期。

【品读】

此诗人终南山隐居生活之白描。别业，别墅，指家庭居所外的另一住所。兴来，兴致起时。胜事，高兴之事。每吟一遍，都有身临其境之感。

| 下马饮君酒 |

陕西省博物馆藏

送 别

王 维

下马饮君酒,问君何所之。
君言不得意,归卧南山陲。
但去莫复问,白云无尽时。

【品读】

该诗为仕宦中人送别之常例。中国士子之出路要么扬鞭奋发,要么失意归隐,很少有安于现状者。王维诗中所送之人已无可考,当为仕途失意者。陲,边际也。南山陲,即南山边也。此南山亦泛指,多指归隐之山,当化陶潜"采菊东篱下,悠然见南山"而来。"君言不得意,归卧南山陲",是失意士子之常态。孔夫子云:"邦有道,则仕;邦无道,则可卷而怀之。"是士子们的精神旗帜。但去则去矣,心中的仕宦情结却难以了却。"但去莫复问,白云无尽时",道出了其中情愫。

| 穷巷牛羊归 |

洛阳博物馆藏

渭川田家

王 维

斜阳照墟落,穷巷牛羊归。
野老念牧童,倚仗候荆扉。
雉雊麦苗秀,蚕眠桑叶稀。
田夫荷锄至,相见语依依。
即此羡闲逸,怅然吟式微。

【品读】

渭川,渭水平原。墟落,村落。此王维驻足渭川某村落所感。穷村陋巷似不足道,遥待牧童返家,倚门而望之老者,恰是古村之魂。雉(zhì),野鸡。雊(gòu),雉鸣也。雉鸣麦垄,蚕卧桑枝,一派田园风光;荷锄农夫,相见依依,更让作者如入桃花源中,怅然若失。式微,古诗名,春秋时代,黎国国君曾出奔于卫,卫君无礼,黎之大夫劝其君返国,赋《式微》。王维以此代指思乡之情。

| 愿君多采撷 |

洛阳博物馆藏

相 思

王 维

红豆生南国,春来发几枝。
愿君多采撷,此物最相思。

【品读】

相思诗作,此诗可为范例。远离佳人,独身南行,睹物思情,采以寄慰,遂使红豆成千古寄情之物。诗中无相思之苦、伤春之泪,唯一粒红豆,涵括人世相思相恋之全部,情莫大焉。撷(xié),采摘也。

| 朝辞白帝彩云间 |

洛阳博物馆藏

下江陵

李 白

朝辞白帝彩云间,千里江陵一日还。
两岸猿声啼不住,轻舟已过万重山。

【品读】

　　白帝,即白帝城,在今重庆奉节白帝山上。江陵,今湖北荆州。此李白被贬蜀中后遇赦之作。诗人由白帝顺流而下,心绪之明快,情感之奔流,跃然纸上。多日贬逐之阴霾,如秋风劲扫,朗朗乾坤一日重现。全诗自起兴至收笔,一如片羽流星,穿隙而过,唯"两岸猿声啼不住"摇臂助呐之余,又稍稍加以延滞,否则,此叶轻舟可一发而至于东溟。

| 美人卷珠帘 |

洛阳博物馆藏

怨 情

李 白

美人卷珠帘,深坐颦蛾眉。
但见泪痕湿,不知心恨谁。

【品读】
　　李白在此写宫中美女之怨情,实诉自身怀才不遇之心声。颦(pín),皱眉。蛾眉,形容美女之美眉。

| 故人西辞黄鹤楼 |

陕西省博物馆藏

送孟浩然之广陵

李 白

故人西辞黄鹤楼,烟花三月下扬州。
孤帆远影碧空尽,惟见长江天际流。

【品读】

　　黄鹤楼在武昌江畔,扬州居长江下游,孟浩然由此乘船可直抵扬州。此诗为送别诗之精品,于分别之情不着一字,借长江之浩渺,衬出孤帆远影之难离还离。

| 萧萧班马鸣 |

西安博物馆藏

送友人

李 白

青山横北郭，白水绕东城。
此地一为别，孤蓬万里征。
浮云游子意，落日故人情。
挥手自兹去，萧萧班马鸣。

【品读】

此诗如高山流水，舒卷轻如，道尽送别之情。青山横亘，白水环绕，衬出孤帆万里之离情；浮云飘荡，似游子之无奈；落日无多，如故情之可贵。伤感之余，挥手而去，主、客之坐骑亦痛于离别，萧萧长嘶。郭，城郭也。篷，船篷。孤篷，即孤舟。班，别也。班马，离别之马。

| 万里送行舟 |

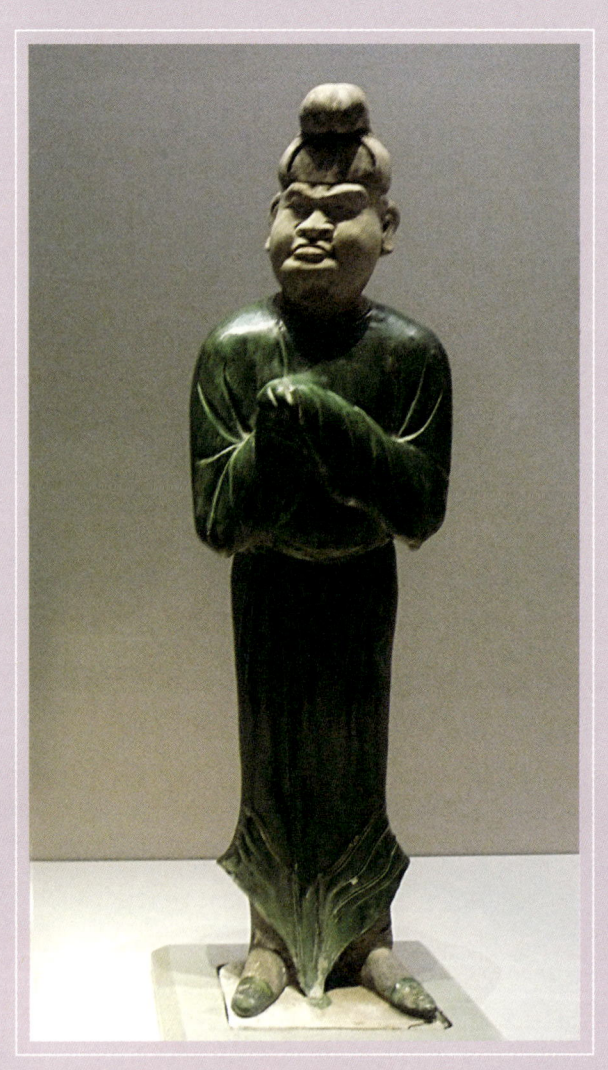

国家博物馆藏

渡荆门送别

李 白

渡远荆门外,来从楚国游。
山随平野尽,江入大荒流。
月下飞天镜,云生结海楼。
仍怜故乡水,万里送行舟。

【品读】

此诗空旷杳远,写出万里长卷,九重胜境。"山随平野尽,江入大荒流"已穷千里之目,"仍怜故乡水,万里送行舟"则道尽乡情之悠长。荆门,指荆门山,在今湖北宜都北之长江南岸。

| 余亦能高咏 |

西安博物馆藏

夜泊牛渚怀古

李 白

牛渚西江夜,青天无片云。
登舟望秋月,空忆谢将军。
余亦能高咏,斯人不可闻。
明朝挂帆去,枫叶落纷纷。

【品读】

此诗为伤时不遇之作,但心绪恬淡,清雅可颂。诗人夜泊长江采石对岸之牛渚,澄空秋月,清澈大江,遂发思古之幽情。晋朝袁宏少年时曾在此泛舟夜吟,恰遇镇西将军谢尚亦泛舟赏月,被招入舟中,相叙达旦,此后,声名大噪。"余亦能高咏,斯人不可闻"道出李白此时的伤感,"明朝挂帆去,枫叶落纷纷"则写出其心志之无奈。全诗不着"伤感"二字,而以明月泛舟、斯人不再、去路落叶之秋色,写尽伤感之万千滋味。

| 醉月频中圣 |

南京博物院藏

赠孟浩然

李 白

吾爱孟夫子,风流天下闻。
红颜弃轩冕,白首卧松云。
醉月频中圣,迷花不事君。
高山安可仰,徒此揖清芬。

【品读】

　　孟夫子之风流谓风流倜傥,放情物外也。红颜,谓盛年、壮年。轩冕,轩车高冕,谓达官显位。中圣,语出三国徐邈轶事,此喻沉醉。清芬,谓孟浩然之风度气标清莹芬香也。李白本亦放达之人,但始终累于功名,汲汲然求仕干禄又无所获,故而对纵情山水、不肯事君之孟浩然赞叹有加,以至于化入"高山仰止"之典。但李白仅有淡泊之情,并无淡泊之志,至晚年仍不能脱俗,应永王李璘之邀,加盟与太子李亨的对抗,结果当然是深陷囹圄。以李白之大智,不知为何如此,为何只能"徒此揖清芬"。

| 美人如花隔云端 |

西安博物馆藏

长相思（二首）

李 白

长相思，在长安。
络纬秋啼金井阑，微霜凄凄簟色寒。
孤灯不明思欲绝，卷帷望月空长叹。
美人如花隔云端。
上有青冥之长天，下有渌水之波澜。
天长地远魂飞苦，梦魂不到关山难。
长相思，摧心肝。

日色欲尽花含烟，月明如素愁不眠。
赵瑟初停凤凰柱，蜀琴欲奏鸳鸯弦。
此曲有意无人传，愿随春风寄燕然。
忆君迢迢隔青天。
昔时横波目，今作流泪泉。
不信妾肠断，归来看取明镜前。

【品读】

　　相思之情，也让李白写的如此豪放、酣畅，有摧心断肠之情，而无悲悲戚戚之容。且明出典，各自便可读出一位情仙李白。

　　络纬，一种类似于蟋蟀的昆虫，其鸣叫之声如织机声，故名。阑，栏杆。簟（diàn），竹席。帷，帷帐，又用作门帘、窗帘。青冥，苍青之色。瑟，一种乐器。凤凰柱，瑟上固定弦的立柱刻为凤凰形。古人谓赵地多美女，善长鼓瑟，故以"赵瑟初停凤凰柱"喻美女不可见。"蜀琴欲奏鸳鸯弦"则是喻司马相如向卓文君求爱之事。燕然，即燕然山，在大漠深处，戍边之将士所在。

| 玉盘珍羞直万钱 |

洛阳博物馆藏

行路难

李 白

金樽清酒斗十千，玉盘珍羞直万钱。
停杯投箸不能食，拔剑四顾心茫然。
欲渡黄河冰塞川，将登太行雪满山。
闲来垂钓碧溪上，忽复乘舟梦日边。
行路难！行路难！多歧路，今安在？
长风破浪会有时，直挂云帆济沧海。

【品读】

少读此诗，每读作励志之作，尤其是"长风破浪会有时，直挂云帆济沧海"，不知被多少少年抄录心中。年长之后，再读此诗，始得诗人真趣。诗题为"行路难"，《乐府古题要解》云："行路难，备言世路艰难，及离别伤悲之意。多以君不见为首。"李白以此为题，当言仕途之艰难也。诗中先表心绪：清酒美馔，引不起任何兴趣，依然我心茫然；前路无着，如诗中所譬黄河之冰、太行之雪；且归垂钓，心志难静，仍系于天子朝堂。日边，谓天子之处。最后两句画出诗人的理念所在，"天生我材必有用"。这也是孔子暮年所言："苟有用我者，期月而已可也，三年有成。"如此看来，李白又是一儒仙。樽（zūn），酒杯。珍羞，美食也。

| 今日之日多烦忧 |

西安博物馆藏

宣州谢朓楼饯别校书叔云

李 白

弃我去者，昨日之日不可留。
乱我心者，今日之日多烦忧。
长风万里送秋雁，对此可以酣高楼。
蓬莱文章建安骨，中间小谢又清发。
俱怀逸兴壮思飞，欲上青天览明月。
抽刀断水水更流，举杯销愁愁更愁。
人生在世不称意，明朝散发弄扁舟。

【品读】
　　此诗虽为送别之作，但重点是直抒个人心志。蓬莱，三仙山之一，道家典籍所藏之处亦称蓬莱。建安骨，谓建安时代三曹父子并诸多文人行文之风骨。小谢，谓南朝诗人谢朓。散发，去掉官帽，披散头发，此指弃官归隐。

| 请君为我侧耳听 |

国家博物馆藏

将进酒

李 白

君不见黄河之水天上来，奔流到海不复回。
君不见高堂明镜悲白发，朝如青丝暮成雪。
人生得意须尽欢，莫使金樽空对月。
天生我材必有用，千金散尽还复来。
烹羊宰牛且为乐，会须一饮三百杯。
岑夫子，丹丘生，将进酒，杯莫停。
与君歌一曲，请君为我侧耳听。
钟鼓馔玉何足贵，但愿长醉不愿醒。
古来圣贤皆寂寞，惟有饮者留其名。
陈王昔时宴平乐，斗酒十千恣欢谑。
主人何为言少钱，径须沽取对君酌。
五花马，千金裘，呼儿将出换美酒，与尔同销万古愁。

【品读】

"将进酒"本是汉乐府之一，其辞云："将进酒，乘大白"，为劝酒之歌。李白之"将进酒"，将此曲演绎得酣畅淋漓，前无古人，写出了酒中豪气、酒中羁达、酒中人生。初读之，可见一似醉似醒之酒中仙；再读之，依稀可见"子在川上曰'逝者如斯夫'"的万古哀愁。岑夫子即岑征君，丹丘生即元丹丘，均李白好友。又，陈王即曹植，因其曾封陈王，故称。平乐即平乐观，曹植有诗云："归来宴平乐，美酒斗十千。""馔（zhuàn）玉"，美食如玉。沽取，买取。

| 万户捣衣声 |

河南博物院藏

子夜吴歌

李 白

长安一片月,万户捣衣声。
秋风吹不尽,总是玉门情。
何日平胡虏,良人罢远征。

【品读】
　　此诗写夜景夜情,静动相宜,静极而生悲。"长安一片月,万户捣衣声",月色下偌大一个都市,安居乐业之景生矣。然捣衣者何?丈夫出征,落寞无助之女子也。"秋风吹不尽,总是玉门情"点出安居乐业背后的艰辛。最后,"何日平胡虏,良人罢远征",自然呼之欲出。此诗当三读,一读或可伤感;二读或可伤情;三读方可撼及心衷。此亦读诗之上上境也。玉门,即玉门关,在今甘肃省敦煌之西,古时由内地出西域之必由之路。

| 思归多苦颜 |

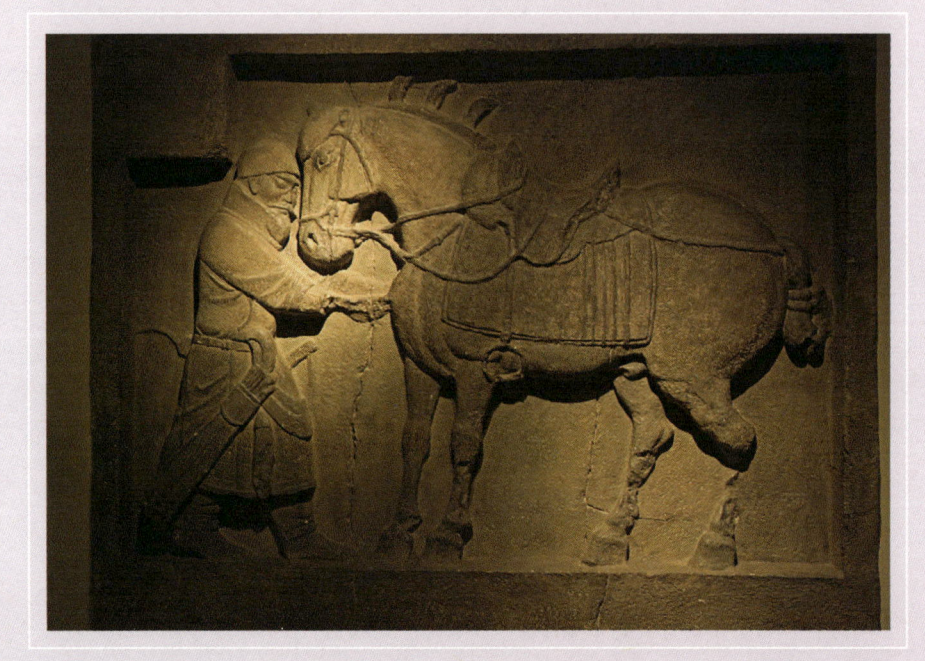

国家博物馆藏

关山月

李　白

明月出天山，苍茫云海间。
长风几万里，吹度玉门关。
汉下白登道，胡窥青海湾。
由来征战地，不见有人还。
戍客望边邑，思归多苦颜。
高楼当此夜，叹息未应闲。

【品读】

"汉下白登道"，汉指汉高祖刘邦；白登，山名，在今山西定襄，刘邦率师北征匈奴，被其围困此山中七日。"胡窥青海湾"，胡，北方游牧部族；青海，即青海湖。此诗泛写边关征战之艰辛，启于天山边关之明月，终于内地家乡之高楼，遥相对应，道尽思乡之痛与别离之长叹。若在今日，可归于反战诗之类。

| 是妾断肠时 |

西安博物馆藏

春 思

李 白

燕草如碧丝，秦桑低绿枝。
当君怀归日，是妾断肠时。
春风不相识，何事入罗帏。

【品读】

此诗为闺怨一类。夫君戍燕北，娇妻居秦中，诗中以燕草初发如碧丝对应秦中桑枝已尽绿色，道出边地之苦寒。点睛之笔是末联，"春风不相识，何事入罗帏"点出少妇闺怨之娇嗔无助，与中联"怀归""断肠"正相呼应。罗帏，床上帷帐。

| 相携及田家 |

南京博物院藏

下终南山过斛斯山人宿置酒

李 白

暮从碧山下,山月随人归。
却顾所来径,苍苍横翠微。
相携及田家,童稚开荆扉。
绿竹入幽径,青萝拂行衣。
欢言得所憩,美酒聊共挥。
长歌吟松风,曲尽河星稀。
我醉君复乐,陶然共忘机。

【品读】

　　读此诗应读出三层青翠,两道酣畅。由碧山而下,葱绿之中,明月相伴,此第一番青翠之景也;及至山下,返首回望,又见青翠苍苍,不同来时,云烟翠色,环山绕岭,此第二番青翠之景也;入于斛斯山人之家,但见绿竹幽径,青萝拂衣,此第三番青翠之景也。把酒共盏,知己欢言,乃至长歌狂吟,至夜深星稀,此第一道酣畅;我醉君乐,陶然忘机,此第二道酣畅也。诗言志,诗述行,此诗道尽李白落拓天然之面目。终南山,在长安之南。斛(hú)斯,姓也。

| 花间一壶酒 |

南京博物院藏

月下独酌

李 白

花间一壶酒,独酌无相亲。
举杯邀明月,对影成三人。
月既不解饮,影徒随我身。
暂伴月将影,行乐须及春。
我歌月徘徊,我舞影零乱。
醒时同交欢,醉后各分散。
永结无情游,相期邈云汉。

【品读】

此诗写尽诗人之孤独与失落。相期,相约也。邈(miǎo),遥远貌,此谓相约于遥远的天河之滨也,实则为遥遥无期之约。

| 低头思故乡 |

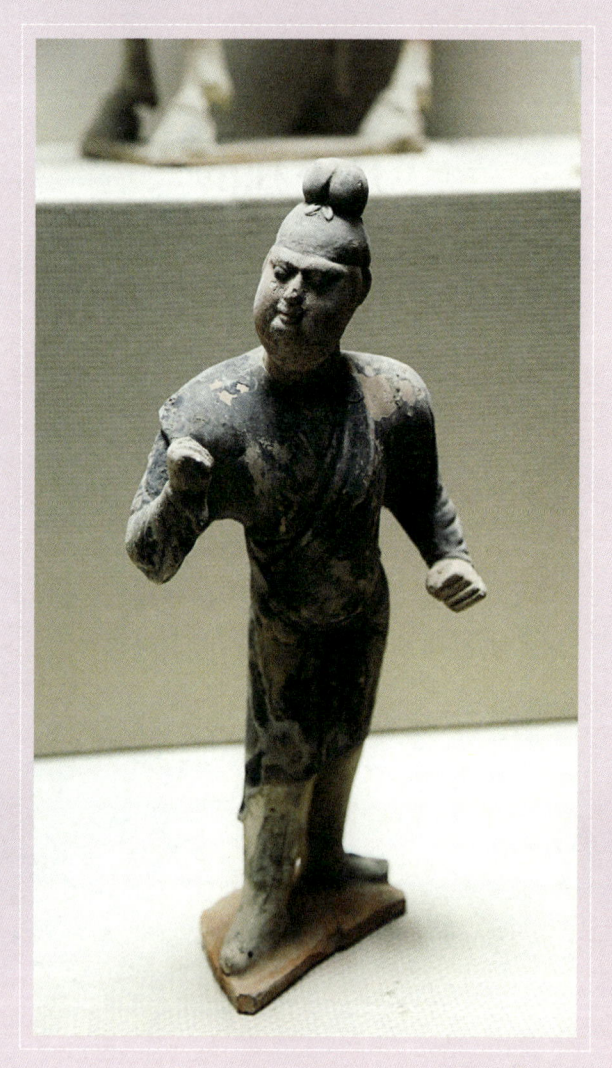

西安博物馆藏

静夜思

李　白

床前明月光，疑是地上霜。
举头望明月，低头思故乡。

【品读】

　　大雅若俗，此诗之直白令注家无处下笔。其实，诗不在注不在解，诗在读在悟，许多内容的确只可意会，不可言传，更重要的是每人心中都是一个诗的世界，都有一个与诗人的回应。

| 停船暂借问 |

陕西省博物馆藏

长干行（二首）

崔　颢

君家何处住？妾住在横塘。
停船暂借问，或恐是同乡。

家临九江水，来去九江侧。
同是长干人，生小不相识。

【品读】

　　家常小景，对白叙事，把来入诗，却也韵味悠长。蘅塘退士注："横塘，《一统志》：'吴自江口沿淮筑堤，谓之横塘。在今应天府。'"即今南京。

| 清晨入古寺 |

陕西省博物馆藏

破山寺后禅院

常 建

清晨入古寺,初日照高林。
曲径通幽处,禅房花木深。
山光悦鸟性,潭影空人心。
万籁此皆寂,惟闻钟磬音。

【品读】

此诗以佛境梵音诠释出曲径通幽之美,可作禅诗来读。磬(qìng),石制乐器,此处之钟磬声当指寺中钟鼓之声。

| 秋入望乡心 |

陕西省博物馆藏

秋日登吴公台上寺远眺

刘长卿

古台摇落后，秋入望乡心。
野寺来人少，云峰隔水深。
夕烟依旧垒，寒磬满空林。
惆怅南朝事，长江独自今。

【品读】

唐人之咏史诗多以南朝为题，其原因固然是缘于时代之近，但更重要的是，南朝宋、齐、梁、陈之兴替，均系短命王朝，且最终被北方之隋灭亡。吴公台，在扬州城北，本为南朝刘宋时所筑弩台，是扬州防御之要塞，南朝陈王朝时，大将吴明彻曾增筑，故又称吴公台。

"古台摇落后"，即落叶时节上古台，看得秋色一片，由乡思引发旧垒旧事，又发出对南朝兴亡的惆怅与苍凉。此诗可与韦应物"南朝四百八十寺，多少楼台烟雨中"，以及韦庄"无情最是台城柳，依旧烟笼十里堤"对读。请注意一点，唐代诗人每言及南朝兴亡，多是如此惆怅，对北朝之统一南方，一直耿耿于怀，这一心理十分普遍。

| 苍苍竹林寺 |

麦积山石窟

送灵澈

刘长卿

苍苍竹林寺,杳杳钟声晚。
荷笠带斜阳,青山独归远。

【品读】

　　寺在郁郁苍苍之际,人在青山斜阳之中。晚钟杳杳,送行人远去;景色如画,伤别之情犹在目前。灵澈,中唐之名僧。竹林寺,即镇江黄鹤山之鹤林寺。

| 岂向人间住 |

上海博物馆藏

送上人

刘长卿

孤云将野鹤,岂向人间住。
莫买沃洲山,时人已知处。

【品读】

上人,古人对僧、道及其他脱俗之人的尊称。沃州,道教所言七十二福地之一,相传在越州剡溪县南,与天姥峰相对。此诗谓既是孤云野鹤,便应远离人间烟火,遁入三清逍遥。虽是送别道家之上人,却别有一番寓意。

| 溪花与禅意 |

河南博物院藏

寻南溪常道士

刘长卿

一路经行处,莓苔见履痕。
白云依静渚,芳草闭闲门。
过雨看松色,随山到水源。
溪花与禅意,相对亦忘言。

【品读】

此诗通篇一个"静"字。虽写一路山行,但山色路径、白云川渚,都归于一个静字,而这位常道士所修禅机,已与溪边之花木相知相融,意会默契,无须言语交流,这实际又是更深一个层次的静。道士本为道教信徒,但唐代禅学初兴,佛、道、儒者均可谈禅论道,禅已是普世之修。莓苔,青苔陈陈相积已至霉腐,此指人迹罕至,清幽之处。屐(jī),木鞋,其下有齿以防滑。

| 相思愁白蘋 |

南京博物院藏

饯别王十一南游

刘长卿

望君烟水阔,挥手泪沾巾。
飞鸟没何处,青山空向人。
长江一帆远,落日五湖春。
谁见汀洲上,相思愁白蘋。

【品读】

　　送别之诗,易落俗套。此诗除首联外,再不见人,而是借景言情,所借之景杳远无垠,自然抒发离情之悠长。最末一联,以汀洲之上的白蘋借喻相思之愁,使此诗从俗套之中得以超度。蘋(pín),一种水草。

| 遗恨失吞吴 |

国家博物馆藏

八阵图

杜 甫

功盖三分国,名成八阵图。
江流石不转,遗恨失吞吴。

【品读】

此诗为咏史之作。三分国,谓诸葛亮《隆中对》中言三分天下,并助刘备践成之。八阵图,八阵相传为天阵、地阵、风阵、云阵、龙阵、虎阵、鸟阵、蛇阵,刘备为报东吴夺荆州、杀关羽之仇,率大军伐吴,兵败退至鱼腹,诸葛亮曾在鱼腹江岸沙滩以卵石布此八阵。本诗前联写诸葛之功绩,后联写其遗憾,此遗憾不是未能吞灭东吴,而是失于有吞吴之举,以致刘备兵败而还,卒于白帝。

| 岐王宅里寻常见 |

陕西省博物馆藏

江南逢李龟年

杜 甫

岐王宅里寻常见,崔九堂前几度闻。
正是江南好风景,落花时节又逢君。

【品读】

李龟年,唐玄宗时代著名乐师,备受玄宗赏识,也常驻足于达官贵人之宅。岐王,即开元年间之岐王李范,博识好学,好文章音乐。崔九,即崔涤,玄宗宠臣,曾任秘书监。此诗写安史之乱后,流离失所途中,故人相逢之情。下联已成绝唱,为相逢诗之经典之作。

| 感时花溅泪 |

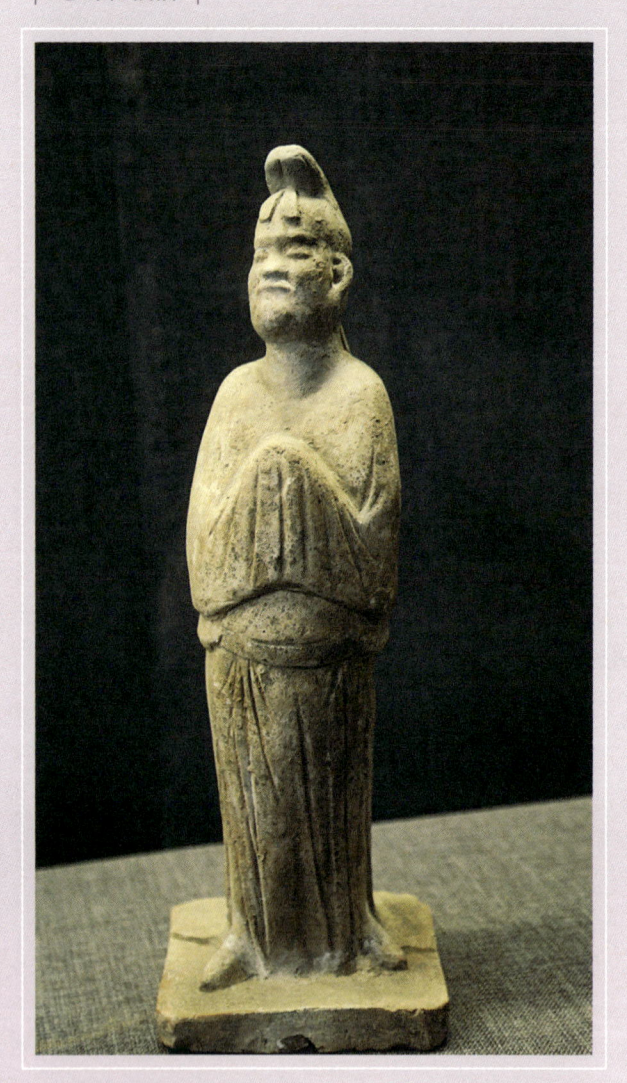

洛阳博物馆藏

春 望

杜 甫

国破山河在,城春草木深。
感时花溅泪,恨别鸟惊心。
烽火连三月,家书抵万金。
白头搔更短,浑欲不胜簪。

【品读】

此诗写战乱之离别,书忧国之冰心,古来传诵。当安史之乱爆发,长安沦亡,皇室西迁,吏民流散,杜甫亦在流离之列。伤离之时,诗人先是忧国,从"国破山河在"到"恨别鸟惊心",忧国忧民之情跃然纸上。忧国之余,则是家愁与乡愁,从"烽火连三月"到"浑欲不胜簪",思家恋乡之情淋漓尽致。自古以来,家国一体,忠臣孝子亦为一共同体,故爱国与爱家、忧国与忧家难以区分。簪(zān),古人用来固定头发的首饰,此处用为动词,指用簪固定头发。不胜簪,盖因头发太少,无法用簪。

| 有弟皆分散 |

国家博物馆藏

月夜忆舍弟

杜 甫

戍鼓断人行,秋边一雁声。
露从今夜白,月是故乡明。
有弟皆分散,无家问死生。
寄书长不达,况乃未休兵。

【品读】

此诗写战乱之中兄弟离散,飘居异乡,相思相忆之情。戍鼓,军中之鼓。"露从今夜白"谓白露已到,中秋不远,遂有"月是故乡明"之语。正因近值中秋,"有弟皆分散,无家问死生"更是令人感伤。

| 魑魅喜人过 |

西安博物馆藏

天末怀李白

杜 甫

凉风起天末,君子意如何。
鸿雁几时到,江湖秋水多。
文章憎命达,魑魅喜人过。
应共冤魂语,投诗赠汨罗。

【品读】

　　李白因得罪权贵,曾被流放夜郎(今贵州境内)。天末,即天际、天边,此指僻远之地。起首"凉风起天末",先叙关切之情。"文章憎命达"一联,是对李白的劝慰。自古悲愤出诗人,由李、杜而言,不妄也。魑魅(chī mèi),传说中的人面兽身怪物,喜人过往而捕食之。后一联之冤魂当指亦遭权贵谗害,流放后投汨罗江而死之屈原。

| 官应老病休 |

河南博物院藏

旅夜书怀

杜 甫

细草微风岸，危樯独夜舟。
星垂平野阔，月涌大江流。
名岂文章著，官应老病休。
飘飘何所似，天地一沙鸥。

【品读】

　　星夜微风，孤舟逐流。引发诗人感悟：文章仕途，伴老病皆休；人生一世，浩渺天际间，何似一沙鸥之飘零。樯（qiáng），船上桅杆。

| 一览众山小 |

西安博物馆藏

望 岳

杜 甫

岱宗夫如何,齐鲁青未了。
造化钟神秀,阴阳割昏晓。
荡胸生层云,决眦入归鸟。
会当凌绝顶,一览众山小。

【品读】

　　岱宗,泰山也。未登山而写出如此之情者,此诗为首。"阴阳割昏晓",指泰山高耸入天,其南北两侧阴阳悬殊,如昏晓之别。决眦(zì),极目远视,以至挣裂眼角。蘅塘退士谓"公借用谓人目眦决裂入鸟之归处",谓层云生于胸中,飞鸟归于极目之至。本诗的精髓在"会当凌绝顶,一览众山小",若诗人登上山巅未必有此佳句。

| 胡琴琵琶与羌笛 |

国家博物馆藏

白雪歌送武判官归京

岑 参

北风卷地白草折，胡天八月即飞雪。
忽如一夜春风来，千树万树梨花开。
散入珠帘湿罗幕，狐裘不暖锦衾薄。
将军角弓不得控，都护铁衣冷犹着。
瀚海阑干百丈冰，愁云惨淡万里凝。
中军置酒饮归客，胡琴琵琶与羌笛。
纷纷暮雪下辕门，风掣红旗冻不翻。
轮台东门送君去，去时雪满天山路。
山回路转不见君，雪上空留马行处。

【品读】

　　读此诗仍需明典。白草，当时西域所生，细而无芒，适于盐碛地貌。胡天，谓西域。八月，约相当于今农历八月，以今日之气候，农历八月新疆飞雪亦不少见。衾，被子。角弓，弓箭之一种。控，控弦，控弓。都护，西域都护，唐中央在西域所设最高军事、行政长官。着，穿也。阑干，纵横交错。轮台，西域都护府驻地。

　　此诗之典既明，无须多解，需诵读意会，三遍过后，内中心绪自可流溢。

| 江枫渔火对愁眠 |

邯郸市博物馆藏

枫桥夜泊

张 继

月落乌啼霜满天,江枫渔火对愁眠。
姑苏城外寒山寺,夜半钟声到客船。

【品读】

姑苏即苏州,枫桥在城西,寒山寺在枫桥之东。此诗哀婉伤感,将驿旅乡愁写满枫桥,上达残月落处,远抵寒山古寺,凄凉之美,沁人神魄。

| 归山深浅去 |

西安博物馆藏

送崔九

裴 迪

归山深浅去，须尽丘壑美。
莫学武陵人，暂游桃源里。

【品读】

后联语出陶渊明《桃花源记》，谓一武陵渔夫尝至桃花源中，见田园阡陌，居人融融。此处先人系秦朝时为避暴政而至，与世隔绝，自成世界，俨然世外桃源。该渔夫虽至桃源，但不久即返回，待与人再寻时，却未能如愿。壑（hè），山谷，坑谷。

| 人归山郭暗 |

西安博物馆藏

夕次盱眙县

韦应物

落帆逗淮镇,停舫临孤驿。
浩浩风起波,冥冥日沉夕。
人归山郭暗,雁下芦洲白。
独夜忆秦关,听钟未眠客。

【品读】

羁旅孤夜,看风波浩淼,夕日斜下,遥望行人归处,山郭渐暗,大雁落栖,芦荻泛白,诗人忆秦中家乡,听寺钟回响,有不眠之夜。次,驻停也。逗,逗留也。舫(fǎng),船也。山郭,山中城郭。秦关,秦地之关口,此指秦中地区,亦即作者之故乡。

| 问客何为来 |

陕西省博物馆藏

长安遇冯著

韦应物

客从东方来,衣上灞陵雨。
问客何为来,采山因买斧。
冥冥花正开,飏飏燕新乳。
昨别今已春,鬓丝生几缕。

【品读】

　　长安街肆,偶遇故人,故人隐居山林,买斧采樵,风尘仆仆,鬓生皓丝,诗人却仍在宦海沉浮中。此诗是叙旧叙情之作,又是伤时伤感之作。灞陵,在长安西郊。冥冥,昏暗,此谓悄然花开。飏(yáng)飏,飞扬、翻飞之貌。

| 独怜幽草涧边生 |

洛阳博物馆藏

滁州西涧

韦应物

独怜幽草涧边生,上有黄鹂深树鸣。
春潮带雨晚来急,野渡无人舟自横。

【品读】

是空灵?寂寥?还是凄凉?清幽?全由读者意会。

| 怀君属秋夜 |

南京博物院藏

秋夜寄丘员外

韦应物

怀君属秋夜,散步咏凉天。
空山松子落,幽人应未眠。

【品读】

秋夜怀旧,咏以寄思,此丘员外当隐居者,因云:"空山松子落,幽人应未眠。"

| 离别正堪悲 |

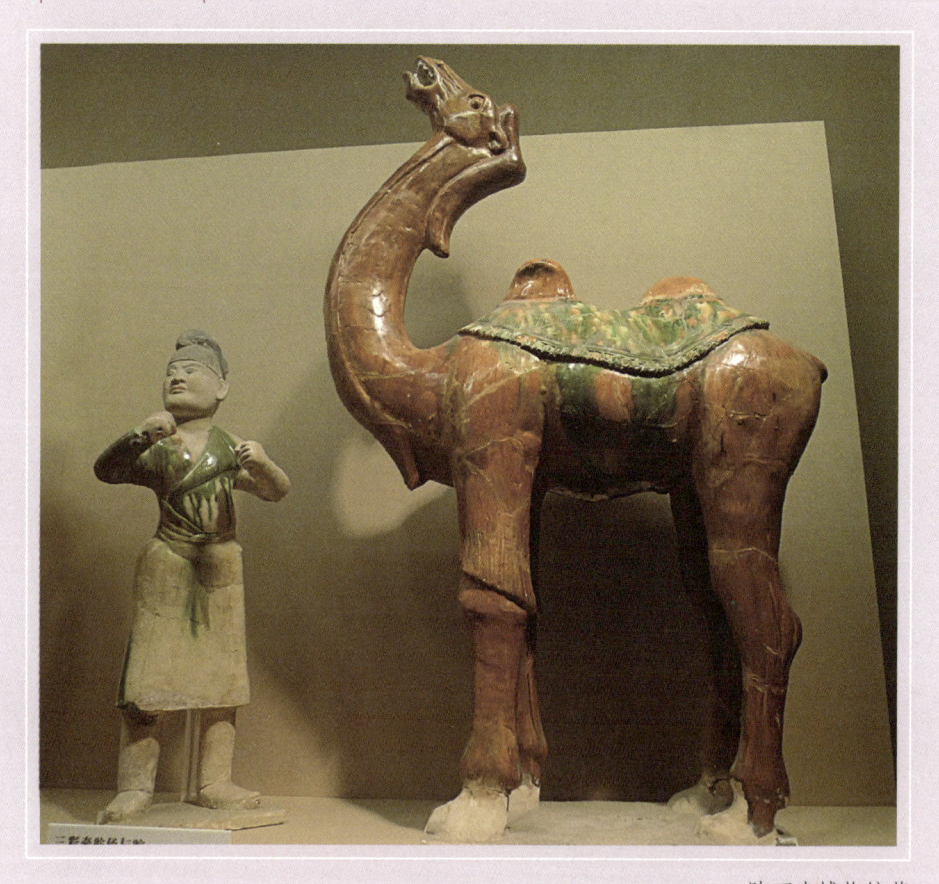

陕西省博物馆藏

送李端

卢　纶

故关衰草遍，离别正堪悲。
路出寒云外，人归暮雪时。
少孤为客早，多难识君迟。
掩泣空相向，风尘何所期。

【品读】

此诗之精华在第二联："路出寒云外，人归暮雪时。"前者言路途之遥远，后句言远行之艰阻。暮雪之景，若燕居之时，可围炉夜话，可雪夜踏光，亦可拥衾而读，不失为格调良景。然对于即将出行之人而言，时光且暮，已令行者伤感，飞雪又至，更显离别之凄怆。

| 意恐迟迟归 |

南京博物院藏

游子吟

孟　郊

慈母手中线，游子身上衣。
临行密密缝，意恐迟迟归。
谁言寸草心，报得三春晖。

【品读】

此诗写尽慈母舐犊之情。寸草心，谓游子之孝心有限。三春，即孟春、仲春、季春，亦即阳春之全部也。此诗以"三春晖"对"寸草心"，以"临行密密缝"之慈母对可能迟归之游子，颇富哲思。母慈之情意未有任何条件，亦不求任何回报，天然而成；而子孝之心思，则限于责任义务，即便如此，游子依然出行。此游子吟，实际上写出了古今通例，人类之本性。

| 来途若梦行 |

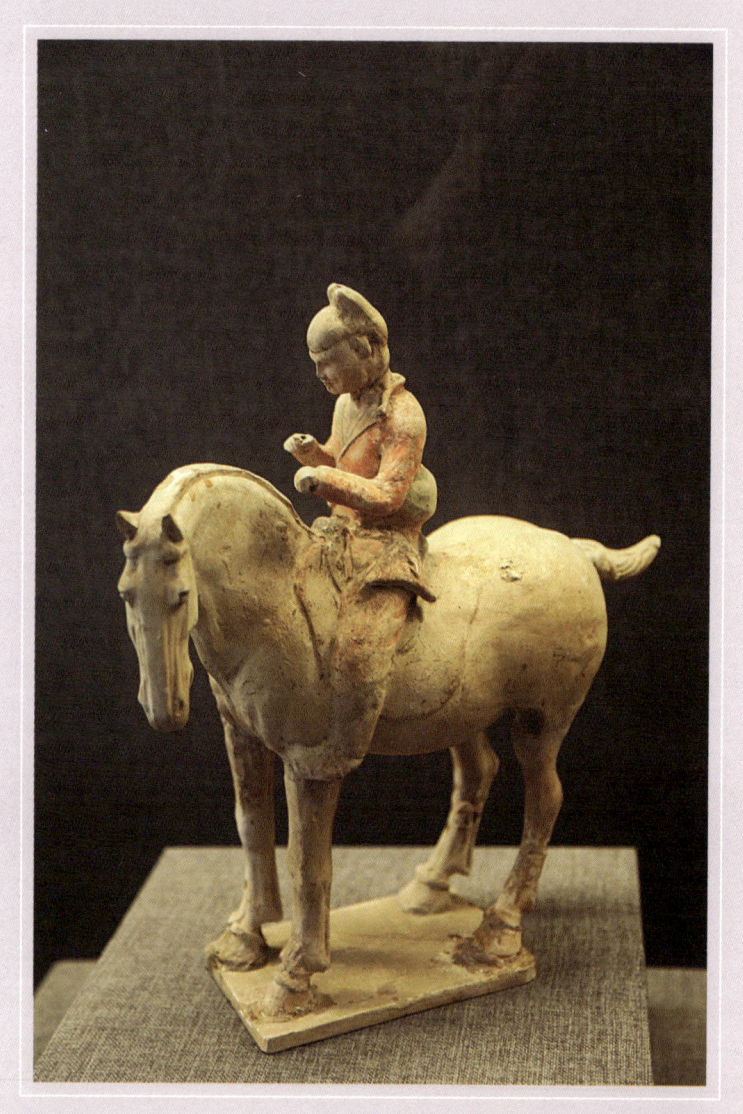

洛阳博物馆藏

送僧归日本

钱 起

上国随缘住,来途若梦行。
浮天沧海远,去世法舟轻。
水月通禅寂,鱼龙听梵声。
惟怜一灯影,万里眼中明。

【品读】

此送行诗写的禅意十足。言这位日本僧人来中土上国时,尚是大梦未觉,随缘而住,但返程时,已是修得正果。且看,"去世法舟轻",法舟即法船,佛家境界:"无上法船,济诸沉溺",可以普渡众生了。因而,一路之上,已是遍传佛音,水中之月也因而通得禅机,海中鱼龙也得以聆听梵音。最后一联,更是言此僧返日本后,必能以己之一灯燃百千之灯,使佛光普照,如《维摩诘经》所言:"譬一灯燃百千灯,冥者皆明,明终不尽。"

| 寂寞空庭春欲晚 |

南京博物院藏

春　怨

刘方平

纱窗日落渐黄昏，金屋无人见泪痕。
寂寞空庭春欲晚，梨花满地不开门。

【品读】

此诗当与金昌绪之《春怨》对读，直白感人之余，一静一动，写出两位性情迥异的怨妇之相思。金屋，即"金屋藏娇"之金屋，代指美女所居。

| 更深月色半人家 |

西安博物馆藏

月 夜

刘方平

更深月色半人家,北斗阑干南斗斜。
今夜偏知春气暖,虫声新透绿窗纱。

【品读】
　　小景小情,如扇面工笔,韵意无限。北斗、南斗,谓星宿。阑干,纵横交错。

| 能饮一杯无 |

陕西省博物馆藏

问刘十九

白居易

绿蚁新醅酒,红泥小火炉。
晚来天欲雪,能饮一杯无。

【品读】

围炉夜话,把盏对雪,此人生一大快事,自然要邀及同好。蚁(yǐ),蘅塘退士注:"蚁,同'蚁'。浮蚁,醪汁滓酒也。"以其酒尚未过滤,酒面漂沫如蚁,故称。醅(pēi),未过滤之酒。

| 萋萋满别情 |

南京博物院藏

草

白居易

离离原上草,一岁一枯荣。
野火烧不尽,春风吹又生。
远芳侵古道,晴翠接荒城。
又送王孙去,萋萋满别情。

【品读】

离离,草木茂盛之状。世人读诗多重前半段,每引以为昂扬不屈之气节。若与后半段同读同吟,则诗人之本意方明。

| 犹抱琵琶半遮面 |

上海博物馆藏

琵琶行

白居易

浔阳江头夜送客，枫叶荻花秋瑟瑟。
主人下马客在船，举酒欲饮无管弦。
醉不成欢惨将别，别时茫茫江浸月。
忽闻水上琵琶声，主人忘归客不发。
寻声暗问弹者谁？琵琶声停欲语迟。
移船相近邀相见，添酒回灯重开宴。
千呼万唤始出来，犹抱琵琶半遮面。
转轴拨弦三两声，未成曲调先有情。
弦弦掩抑声声思，似诉平生不得志。
低眉信手续续弹，说尽心中无限事。
轻拢慢捻抹复挑，初为霓裳后六幺。
大弦嘈嘈如急雨，小弦切切如私语。
嘈嘈切切错杂弹，大珠小珠落玉盘。
间关莺语花底滑，幽咽流泉水下滩。
水泉冷涩弦凝绝，凝绝不通声渐歇。
别有幽愁暗恨生，此时无声胜有声。
银瓶乍破水浆迸，铁骑突出刀枪鸣。
曲终收拨当心画，四弦一声如裂帛。
东船西舫悄无言，唯见江心秋月白。
沉吟放拨插弦中，整顿衣裳起敛容。
自言本是京城女，家在虾蟆陵下住。

| 妆成每被秋娘妒 |

陕西省博物馆藏

十三学得琵琶成，名属教坊第一部。
曲罢常教善才服，妆成每被秋娘妒。
五陵年少争缠头，一曲红绡不知数。
钿头银篦击节碎，血色罗裙翻酒污。
今年欢笑复明年，秋月春风等闲度。
弟走从军阿姨死，暮去朝来颜色故。
门前冷落车马稀，老大嫁作商人妇。
商人重利轻别离，前月浮梁买茶去。
去来江口守空船，绕舱月明江水寒。
夜深忽梦少年事，梦啼妆泪红阑干。
我闻琵琶已叹息，又闻此语重唧唧。
同是天涯沦落人，相逢何必曾相识。
我从去年辞帝京，谪居卧病浔阳城。
浔阳地僻无音乐，终岁不闻丝竹声。
住近湓城地低湿，黄芦苦竹绕宅生。
其间旦暮闻何物？杜鹃啼血猿哀鸣。
春江花朝秋月夜，往往取酒还独倾。
岂无山歌与村笛？呕哑嘲哳难为听。
今夜闻君琵琶语，如听仙乐耳暂明。
莫辞更坐弹一曲，为君翻作琵琶行。
感我此言良久立，却坐促弦弦转急。
凄凄不似向前声，满座重闻皆掩泣。
座中泣下谁最多，江州司马青衫湿。

| 江州司马青衫湿 |

西安博物馆藏

【品读】

读此诗如听一老者将人情世故娓娓讲述，更像浏览一部黑白无声电影。白居易在平实、素朴的文字中，将浔阳江头的倡女、主人、行客以及江岸风物、听众内心融为一体，尽数道来。读此诗当如读《长恨歌》，读通用典后，且去吟诵即可，每吟一遍，必有一层感知。

浔（xún）阳，今江西九江市。轻拢慢捻抹复挑，描述弹奏者的手法。霓裳，即《霓裳羽衣曲》。六幺（yāo），当时流行的一种乐曲。间关，形容鸟鸣之声。"银瓶乍破"一联，形容弦律之激荡。虾蟆陵，在唐时长安曲江池附近。教坊，朝廷所设管理乐舞之机构。秋娘，唐代歌伎之泛称。五陵年少，谓贵族公子。缠头，歌伎表演结束时，送上锦帛之类，谓之缠头。绡（xiāo），丝织品，此指缠头之锦帛。钿（diàn）头银篦（bì），钿指首饰上的花朵，篦，细齿梳子，此句谓装饰精美的银篦子被用作击打的乐器。浮梁，今江西景德镇，当时正是著名商埠。湓（pén）江，长江支流，流经九江入江。呕（ōu）哑嘲哳（zhā），谓音调杂乱。江州司马，作者白居易被贬居此职，此自指也。青衫，低品官员之服。

| 杨家有女初长成 |

洛阳博物馆藏

长恨歌

白居易

汉皇重色思倾国，御宇多年求不得。
杨家有女初长成，养在深闺人未识。
天生丽质难自弃，一朝选在君王侧。
回眸一笑百媚生，六宫粉黛无颜色。
春寒赐浴华清池，温泉水滑洗凝脂。
侍儿扶起娇无力，始是新承恩泽时。
云鬓花颜金步摇，芙蓉帐暖度春宵。
春宵苦短日高起，从此君王不早朝。
承欢侍宴无闲暇，春从春游夜专夜。
后宫佳丽三千人，三千宠爱在一身。
金屋妆成娇侍夜，玉楼宴罢醉和春。
姊妹弟兄皆列土，可怜光彩生门户。
遂令天下父母心，不重生男重生女。
骊宫高处入青云，仙乐风飘处处闻。
缓歌慢舞凝丝竹，尽日君王看不足。
渔阳鼙鼓动地来，惊破霓裳羽衣曲。
九重城阙烟尘生，千乘万骑西南行。
翠华摇摇行复止，西出都门百余里。
六军不发无奈何，宛转蛾眉马前死。

| 芙蓉如面柳如眉 |

西安博物馆藏

花钿委地无人收，翠翘金雀玉搔头。
君主掩面救不得，回看血泪相和流。
黄埃散漫风萧索，云栈萦纡登剑阁。
峨眉山下少人行，旌旗无光日色薄。
蜀江水碧蜀山青，圣主朝朝暮暮情。
行宫见月伤心色，夜雨闻铃肠断声。
天旋地转回龙驭，到此踌躇不能去。
马嵬坡下泥土中，不见玉颜空死处。
君臣相顾尽霑衣，东望都门信马归。
归来池苑皆依旧，太液芙蓉未央柳。
芙蓉如面柳如眉，对此如何不泪垂。
春风桃李花开日，秋雨梧桐叶落时。
西宫南内多秋草，落叶满阶红不扫。
梨园弟子白发新，椒房阿监青娥老。
夕殿萤飞思悄然，孤灯挑尽未成眠。
迟迟钟鼓初长夜，耿耿星河欲曙天。
鸳鸯瓦冷霜华重，翡翠衾寒谁与共。
悠悠生死别经年，魂魄不曾来入梦。
临邛道士鸿都客，能以精诚致魂魄。
为感君王辗转思，遂教方士殷勤觅。
排空驭气奔如电，升天入地求之遍；
上穷碧落下黄泉，两处茫茫皆不见。

| 中有一人字太真 |

西安博物馆藏

忽闻海上有仙山，山在虚无缥缈间。
楼阁玲珑五云起，其中绰约多仙子。
中有一人字太真，雪肤花貌参差是。
金阙西厢叩玉扃，转教小玉报双成。
闻道汉家天子使，九华帐里梦魂惊。
揽衣推枕起徘徊，珠箔银屏迤逦开。
云鬓半偏新睡觉，花冠不整下堂来。
风吹仙袂飘飘举，犹似霓裳羽衣舞。
玉容寂寞泪阑干，梨花一枝春带雨。
含情凝睇谢君王，一别音容两渺茫！
昭阳殿里恩爱绝，蓬莱宫中日月长。
回头下望人寰处，不见长安见尘雾。
惟将旧物表深情，钿合金钗寄将去。
钗留一股合一扇，钗擘黄金合分钿；
但教心似金钿坚，天上人间会相见！
临别殷勤重寄词，词中有誓两心知：
七月七日长生殿，夜半无人私语时。
在天愿作比翼鸟，在地愿为连理枝。
天长地久有时尽，此恨绵绵无绝期！

| 花冠不整下堂来 |

西安博物馆藏

【品读】

此诗为唐朝第一史诗，亦是唐朝第一情诗，涉及人、事繁多。吟读之前，可先浏览此诗的始作俑者，或者说是策划者陈鸿所撰《长恨歌传》。《长恨歌传》曰："开元中，泰阶平，四海无事。玄宗在位岁久，倦于旰食宵衣，政无大小，始委于右丞相，稍深居游宴，以声色自娱。先是元献皇后、武淑妃皆有宠，相次即世。宫中虽良家子千数，无可悦目者。上心忽忽不乐。时每岁十月，驾幸华清宫，内外命妇，熠耀景从，浴日余波，赐于汤沐，春风灵液，澹荡其间。上心油然，若有所遇，顾左右前后，粉色如土。诏高力士潜搜外宫，得弘农杨玄琰女于寿邸，既笄矣，鬓发腻理，纤秾中度，举止闲冶，如汉武帝李夫人。别疏汤泉，诏赐澡莹。既出水，体弱力微，若不任罗绮。光彩焕发，转动照人，上甚悦。进见之日，奏《霓裳羽衣曲》以导之。定情之夕，授金钗钿合以固之。又命戴步摇，垂金珰。明年，册为贵妃，半后服用，由是冶其容，敏其词，婉娈万态，以中上意，上益嬖焉。时省风九州，泥金五岳，骊山雪夜，上阳春朝，与上同辇，居同室，宴专席，寝专房，虽有三夫人，九嫔，二十七世妇，八十一御妻，暨后宫才人，乐府妓女，使天子无顾盼意。自是六宫无复进幸者。非徒殊艳尤态致是，盖才智明慧，善巧便佞，先意希旨，有不可形容者。叔父昆弟皆列位清贵，爵为通侯。姊妹封国夫人，富埒王室，车服邸第，与大长公主侔矣。而恩泽势力则又过之。出入禁门不问，京师长吏为之侧目，故当时谣咏有云：'生女勿悲酸，生男勿喜欢。'又曰：'男不封侯女作妃，看女却为门上楣。'其人心羡慕如此。

天宝末，兄国忠盗丞相位，愚弄国柄。及安禄山引兵向阙，以讨杨氏为辞。潼关不守，翠华南幸，出咸阳，道次马嵬亭。六军徘徊，持戟不进，从官郎吏伏上马前，请诛晁错以谢天下。国忠奉牦缨盘水，死于道周，左右之意未快。上问之。当时敢言者，请以贵妃塞天下怒。上知不免，而不忍见其死，反袂掩面，使牵之而去。仓皇辗转，竟就绝于尺组之下。既而玄宗狩成都，肃宗受禅灵武。明年，大赦改元，大驾还都。尊玄宗为太上皇，就养南宫。自南宫迁于西内，时移事去，乐尽悲来。每至春之日，冬之夜，池莲夏开，宫槐秋落，梨园弟子，玉琯发音，闻《霓裳羽衣》一声，则天颜不怡，左右欷歔。三载一意，其念不衰。求之魂梦，杳不能得。

适有道士自蜀来，知上皇心念杨妃如是，自言有李少君之术。玄宗大喜，命致其神。方士乃竭其术以索之，不至。又能游神驭气，出天界，没地府以求

| 临别殷勤重寄词 |

西安博物馆藏

之，不见。又旁求四虚上下，东极大海，跨蓬壶，见最高仙山，上多楼阙，西厢下有洞户，东向，阖其门，署曰：玉妃太真院。方士抽簪扣扉，双童女出应门。方士造次未及言，而双鬟复入。俄有碧衣侍女又至，诘其所从。方士因称唐天子使者，且致其命。碧衣云：玉妃方寝，请少待之。于是云海沉沉，洞天日晚，琼户重阖，悄然无声。方士屏息敛足，拱手门下。久之，而碧衣延入，且曰：玉妃出。见一人冠金莲，披紫绡，珮红玉，曳凤舄，左右侍者七八人，揖方士问皇帝安否，次问天宝十四载已还事。言讫悯然，指碧衣女取金钗钿合，各折其半授使者曰：为我谢太上皇，谨献是物，寻旧好也。方士受辞与信，将行，色有不足。玉妃固征其意，复前跪致词，请当时一事，不为他人闻者，验于太上皇。不然，恐钿合金钗，负新垣平之诈也。玉妃茫然退立，若有所思，徐而言之曰：昔天宝十载，侍辇避暑于骊山宫。秋七月，牵牛织女相见之夕，秦人风俗，是夜张锦绣，陈饮食，树瓜果，焚香于庭，号为乞巧，宫掖间尤尚之。夜始半，休侍卫于东西厢，独侍上。上凭肩而立，因仰天感牛女事，密相誓心，愿世世为夫妇。言毕，执手各呜咽。此独君王知之耳。因自悲曰：由此一念，又不得居此。复坠下界，且结后缘。或为天，或为人，决再相见，好合如旧。因言，太上皇也不久人间，幸唯自安，无自苦耳。使者还奏太上皇，皇心震悼，日日不豫。其年夏四月，南宫晏驾。

  元和元年冬十二月，太原白乐天自校书郎尉于盩厔。鸿与琅邪王质夫家于是邑，暇日相携游仙游寺，话及此事，相与感叹。质夫举酒与乐天前曰：夫希代之事，非遇出世之才润色之，则与时消没，不闻于世。乐天深于诗，多于情者也。试为歌之，如何？乐天因为《长恨歌》。意者不但感其事，亦欲惩尤物，窒乱阶，垂于将来者也。歌既成，使鸿传焉。世所不闻者，予非开元遗民，不得知。世所知者，有《玄宗本纪》在，今但传《长恨歌》云尔。"

  《长恨歌传》将此诗的来龙去脉已交待清楚，读通之后，诗中便无多少难典。汉皇，此代指玄宗。列土，谓封侯。骊宫，骊山行宫华清宫。渔阳，今天津蓟县一带。鼙（pí）鼓，战鼓，此句谓安史之乱自渔阳爆发。翠华，代指帝王。云栈，耸入云霄之栈道。萦（yíng）纡（yū），曲折回旋。剑阁，入川之关隘，在今四川剑阁县。龙驭，此指帝王车骑。马嵬（wéi）坡，在今陕西省兴平县内。梨园，皇宫中教授乐曲之处，玄宗曾亲自教授。椒房，指妃子所居。阿监，此指宫女。临邛（qióng），今四川邛崃。鸿都，指长安，此指这位道士来自蜀中，客居长安。扃（jiōng），门户。小玉、双成，传说中的仙女，此处指太真之侍女。凝睇（dì），凝视。人寰（huán），人间。擘（bò），分开。

  明典之后，仍需耐心吟读，反复数遍，其义自见。

| 飞入寻常百姓家 |

洛阳博物馆藏

乌衣巷

刘禹锡

朱雀桥边野草花，乌衣巷口夕阳斜。
旧时王谢堂前燕，飞入寻常百姓家。

【品读】

蘅塘退士注："乌衣巷，《一统志》：'乌衣巷在应天府南，晋王导、谢安居此，其子弟皆乌衣，故名。'"应天府即东晋之都建康，今南京。东晋时，王导、谢安先后秉政，权倾一时。时隔三百多年，朱雀桥边野草依旧，乌衣巷口夕阳依然，唯王、谢旧邸已成百姓之家，故云："旧时王谢堂前燕，飞入寻常百姓家。"此燕轻飞，划出百年沧桑，万千凄凉。

| 独钓寒江雪 |

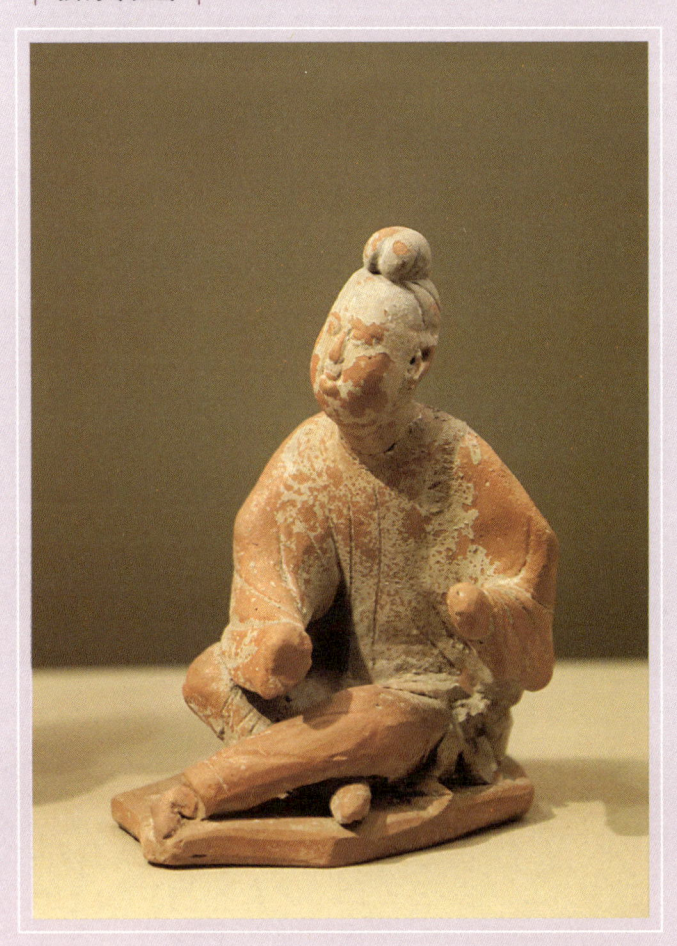

陕西省博物馆藏

江 雪

柳宗元

千山鸟飞绝,万径人踪灭。
孤舟蓑笠翁,独钓寒江雪。

【品读】

　　此诗写出大雪之后,江山之旷阔荒漠,冷幽清瑟。唯钓翁一人,孤舟蓑笠,垂钓雪中寒江。此诗上联为大写意,下联则似工笔,当读作"江雪钓翁图"。

| 闲依农圃邻 |

陕西省博物馆藏

溪 居

柳宗元

久为簪组束，幸此南夷谪。
闲依农圃邻，偶似山林客。
晓耕翻露草，夜榜响溪石。
来往不逢人，长歌楚天碧。

【品读】

簪组，为戴官冠而束发插簪，此处喻官位。榜(bàng)，划船、摇桨。诗人曾得意朝中，与王叔文等人共同发起永贞革新，失败后被贬为永州司马。永州，在今湖南，故诗中云"幸此南夷谪"。此诗写失意之中的适意，是孔夫子"邦有道则仕，无道则隐"的传承，得失之间，表达出中国传统士子的雍容与自适。

| 欸乃一声山水绿 |

洛阳博物馆藏

渔 翁

柳宗元

渔翁夜傍西岩宿,晓汲清湘燃楚竹。
烟销日出不见人,欸乃一声山水绿。
回看天际下中流,岩上无心云相逐。

【品读】

清湘,谓湘江之水。欸乃（ǎi nǎi）,摇橹声。此处之渔翁乃"独钓寒江雪"之夏日版。

| 闲坐说玄宗 |

河南博物院藏

行 宫

元 稹

寥落古行宫,宫花寂寞红。
白头宫女在,闲坐说玄宗。

【品读】

简约直白,一幅白描"行宫图"。行宫,为帝王出巡时备用之宫,宫女、侍应俱全。玄宗之后,国势日衰,动荡不宁,行宫自然冷落,故有此景。"闲坐说玄宗"为点睛之笔。

| 松下问童子 |

河南博物院藏

寻隐者不遇

贾 岛

松下问童子,言师采药去。
只在此山中,云深不知处。

【品读】

  隐于山中,已是散淡之人,山中隐处,仍是了无踪迹,此隐之上上者,真散仙也。

  何为得道成仙,仙不在长生,道亦不在成仙,闲云野鹤,了无羁绊,哪怕三日二日,亦然得道成仙矣。

| 一宿行人自可愁 |

国家博物馆藏

题金陵渡

张　祜

金陵津渡小山楼，一宿行人自可愁。
潮落夜江斜月里，两三星火是瓜洲。

【品读】

此诗亦夜泊诗，亦写行旅之愁，但道出了与《枫桥夜泊》迥然相异的两种心情，可与之对读。金陵，今南京。瓜洲，扬州附近之长江渡口，本为江中砂碛，渐成渡口，又演为村镇。

| 帝乡明日到 |

上海博物馆藏

秋日赴阙题潼关驿楼

许 浑

红叶晚萧萧,长亭酒一瓢。
残云归太华,疏雨过中条。
树色随关迥,河声入海遥。
帝乡明日到,犹自梦渔樵。

【品读】

此诗中诗人的心情须细读之。诗人途经中条山南,走华山,过潼关,至长安,当是应诏赴京,因而心境轻松而急促,微露出几分得意。读前六句,便可知之。不过,诗人最后流露出的却是对山野生活的眷恋,充分体现着中国古代士子的两面人格。

| 铜雀春深锁二乔 |

河南博物院藏

赤　壁

杜　牧

折戟沉沙铁未销，自将磨洗认前朝。
东风不与周郎便，铜雀春深锁二乔。

【品读】

此诗为叙史诗，为曹操大鸣不平。据《资治通鉴》卷六十五载，曹操统一北方，率大军南征孙吴之时，孙权"以周瑜、程普为左右督，将兵与备并力逆操"，"进，与操遇于赤壁。时操军众已有疾疫。初一交战，操军不利，引次江北。瑜等在南岸，瑜部将黄盖曰：'今寇众我寡，难与持久。操军方连船舰，首尾相接，可烧而走也。'乃取蒙冲斗舰十艘，载燥荻、枯柴，灌油其中，裹以帷幕，上建旌旗，预备走舸，系于其尾。先以书遗操，诈云欲降。时东南风急，盖以十舰最著前，中江举帆，余船以次俱进。操军吏士皆出营立观，指言盖降。去北军二里余，同时发火，火烈风猛，船往如箭，烧尽北船，延及岸上营落。顷之，烟炎张天，人马烧溺死者甚众。瑜等率轻锐继其后，雷鼓大进，北军大坏。操引军从华容道步走"。又，铜雀台，在曹魏之邺都。二乔，谓乔公之二女，分别嫁与孙策与周瑜。

| 相见时难别亦难 |

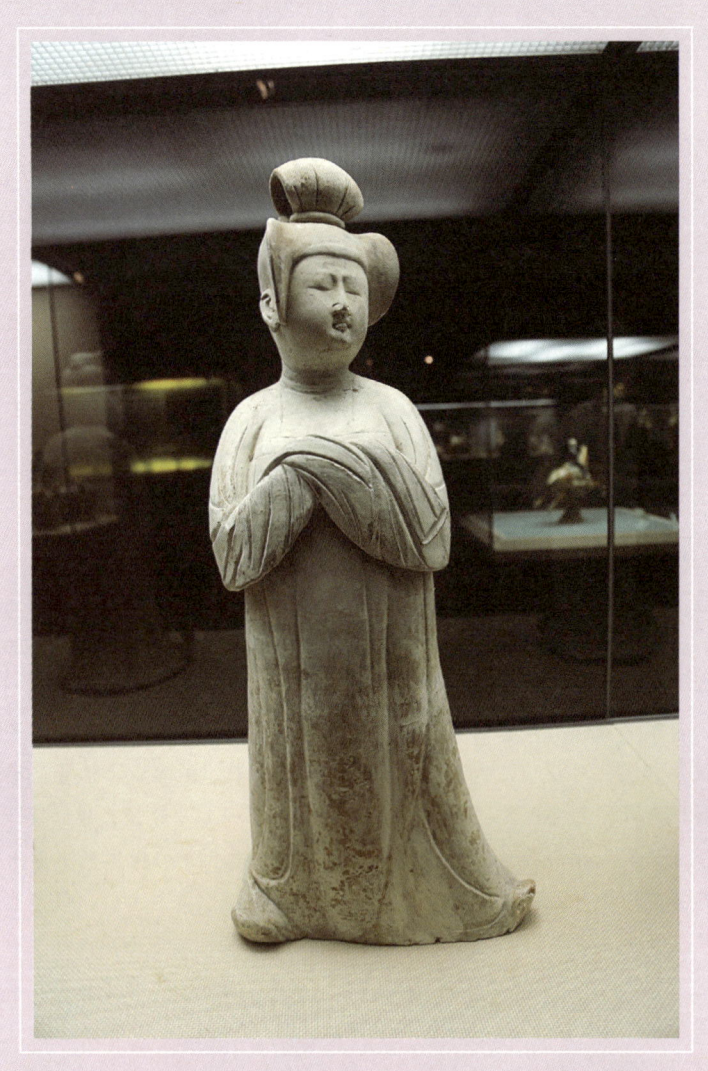

西安博物馆藏

无 题

李商隐

相见时难别亦难,东风无力百花残。
春蚕到死丝方尽,蜡炬成灰泪始干。
晓镜但愁云鬓改,夜吟应觉月光寒。
蓬山此去无多路,青鸟殷勤为探看。

【品读】

　　此诗为一女子相思之写照,直白、深邃,常读常新。蓬山,谓相传海中三神山之一,此谓人间福地或理想王国也。

| 驱车登古原 |

国家博物馆藏

登乐游原

李商隐

向晚意不适,驱车登古原。
夕阳无限好,只是近黄昏。

【品读】

作者为解忧思,策马驱车至长安城南之古原,虽领无限夕阳之美,却难解黄昏落日之愁。

| 不敢问来人 |

西安博物馆藏

渡汉江

宋之问

岭外音书绝,经冬复立春。
近乡情更怯,不敢问来人。

【品读】

　　此返乡诗与贺知章《回乡偶书》对读,可以读出一老一少两种乡情与心境。宋之问年少,离家不过半载,已是"近乡情更怯";贺知章"少小离家老大回",却只感叹"儿童相见不相识,笑问客从何处来"。

| 清瑟怨遥夜 |

洛阳博物馆藏

章台夜思

韦 庄

清瑟怨遥夜，绕弦风雨哀。
孤灯闻楚角，残月下章台。
芳草已云暮，故人殊未来。
乡书不可寄，秋雁又南回。

【品读】

此诗为诗人孤旅伤怀之作。韦庄是唐代求仕型文人的典型代表，从科考到求仕，坎坷流离，备尝艰辛。诗中写驿舍清夜，遍地清寒，苦苦期盼而故交未伸援手。"乡书不可寄，秋雁又南回"，将身心之无奈和盘托出。

| 六朝如梦鸟空啼 |

洛阳博物馆藏

台 城

韦 庄

江雨霏霏江草齐,六朝如梦鸟空啼。
无情最是台城柳,依旧烟笼十里堤。

【品读】

　　此作者韦庄失意落魄,流离江宁(南京)所作。此地为六朝古都,繁盛一时,台城为六朝宫中之城,代相沿用。当江雨霏霏,江草萋萋,韦庄转视古都,烟飞梦去,乌啼鹊泣。昔日宫城之柳色,却依然如故,如烟如云笼罩长堤。物是人非,岂非此情此景之写照耶?

| 等是有家归未得 |

洛阳博物馆藏

杂 诗

无名氏

近寒食雨草萋萋,著麦苗风柳映堤。
等是有家归未得,杜鹃休向耳边啼。

【品读】

此杂诗写出词的婉约,"近寒食雨"与"著麦苗风"可谓前无古人。著,犹"近",即沿着、贴着。寒食为扫墓祭祖之日,时近寒食,细雨霏霏,芳草萋萋,唯麦苗随风起伏。此等时节,正应返乡祭祖,举家相会,自己却远在异乡,又听得杜鹃啼血,令人心碎。

| 别梦依依到谢家 |

南京博物院藏

寄 人

张 泌

别梦依依到谢家,小廊回合曲阑斜。
多情自有春庭月,犹为离人照落花。

【品读】

此诗之离情,已切入深邃。谢家,此指美女之家。

| 诚知不觉天将曙 |

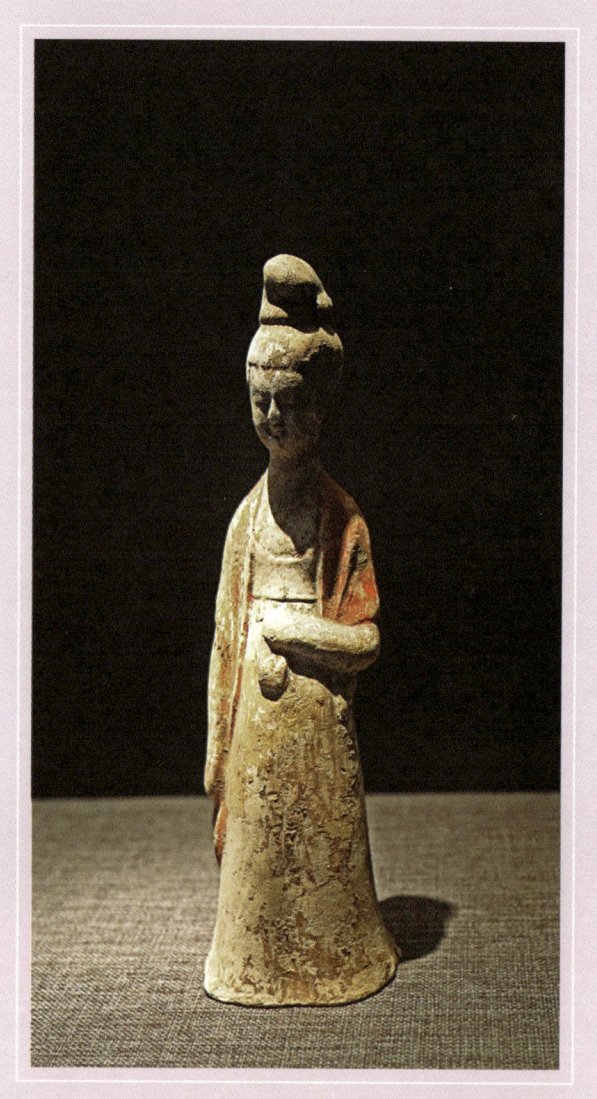

洛阳博物馆藏

夜 船

韩 偓

野云低迷烟苍苍,平波挥目如凝霜。
月明船上帘幕卷,露重岸头花木香。
村远夜深无火烛,江寒坐久换衣裳。
诚知不觉天将曙,几簇青山雁一行。

【品读】

平淡无奇之中却蕴含万千愁结,可视作"夜半钟声到客船"的山水版。

| 夜深无伴倚南楼 |

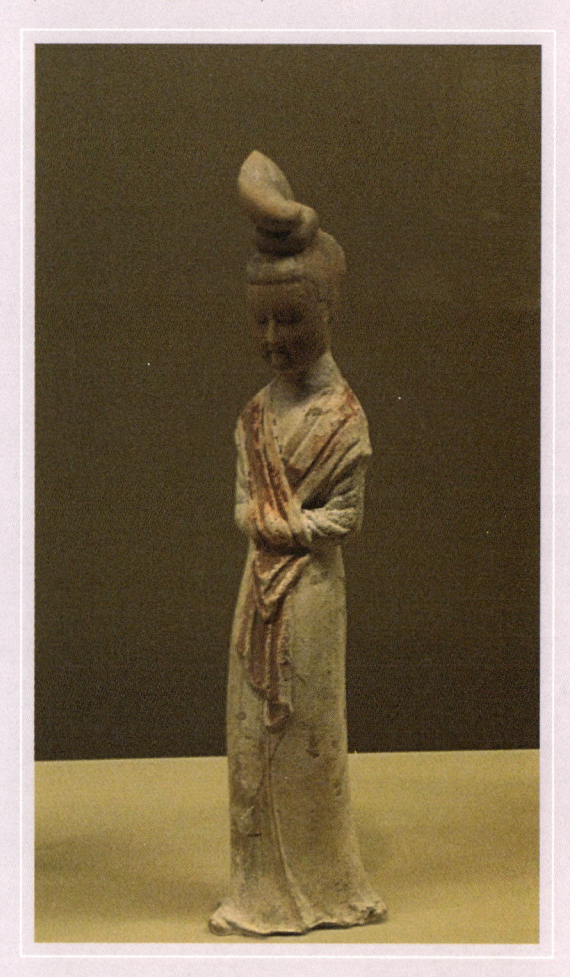

陕西省博物馆藏

寒食夜

韩 偓

清江碧草两悠悠,各自风流一种愁。
正是落花寒食夜,夜深无伴倚南楼。

【品读】

凄凉孤独的独白,流溢着浸入深处的浅愁与空灵,同样是一种美,忧伤之美。

| 打起黄莺儿 |

洛阳博物馆藏

春　怨

金昌绪

打起黄莺儿，莫教枝上啼。
啼时惊妾梦，不得到辽西。

【品读】

夫君戍于辽西，闺中春怨郁结。此诗直白感人，胜却无数相思之作。

| 蓬门未识绮罗香 |

洛阳博物馆藏

贫 女

秦韬玉

蓬门未识绮罗香，拟托良媒亦自伤。
谁爱风流高格调，共怜时世俭梳妆。
敢将十指夸针巧，不把双眉斗画长。
苦恨年年压金线，为他人作嫁衣裳。

【品读】

　　蓬门，犹柴门，谓穷困人家。此诗谓一穷家女子勤于劳作，心灵手巧，但身无绮罗绸缎，亦未画眉异妆，更不可能托良媒觅得佳婿，只能是年年织作，"为他人作嫁衣裳"。该诗流传颇广。作者秦韬玉为权阉田令孜之神策判官，在其力荐下被敕封进士，升至工部侍郎。因此，有研究者谓此诗是秦氏不得志之自喻，不妥，应是其早年居民间之作品。

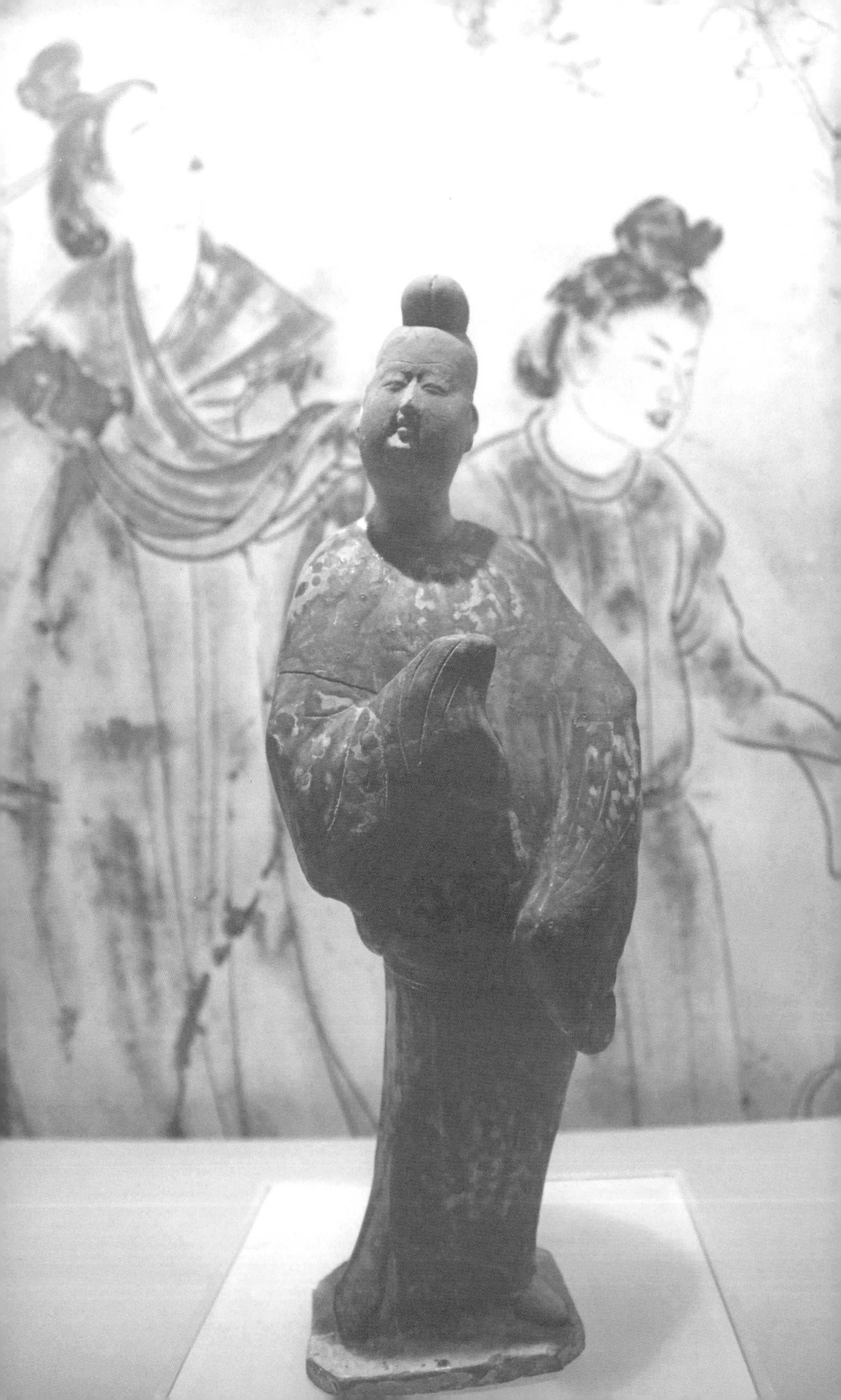

后记

　　时至今日，能够看得到的唐代的有形文化遗存已较为稀少，其中，各式各样的唐三彩可以说是其中的重要代表。唐三彩造型之优美，色彩之绚烂，内容之丰富，足以与唐诗相辉映。因此，我们自国家博物馆、上海博物馆、陕西省博物馆、西安市博物馆、河南博物院、洛阳市博物馆、南京博物院等知名博物馆中选拍了若干唐三彩图片，间以唐代造像、石雕，分别为书中每首唐诗配图，藉以进入唐诗的境界。

若获

2016年初夏

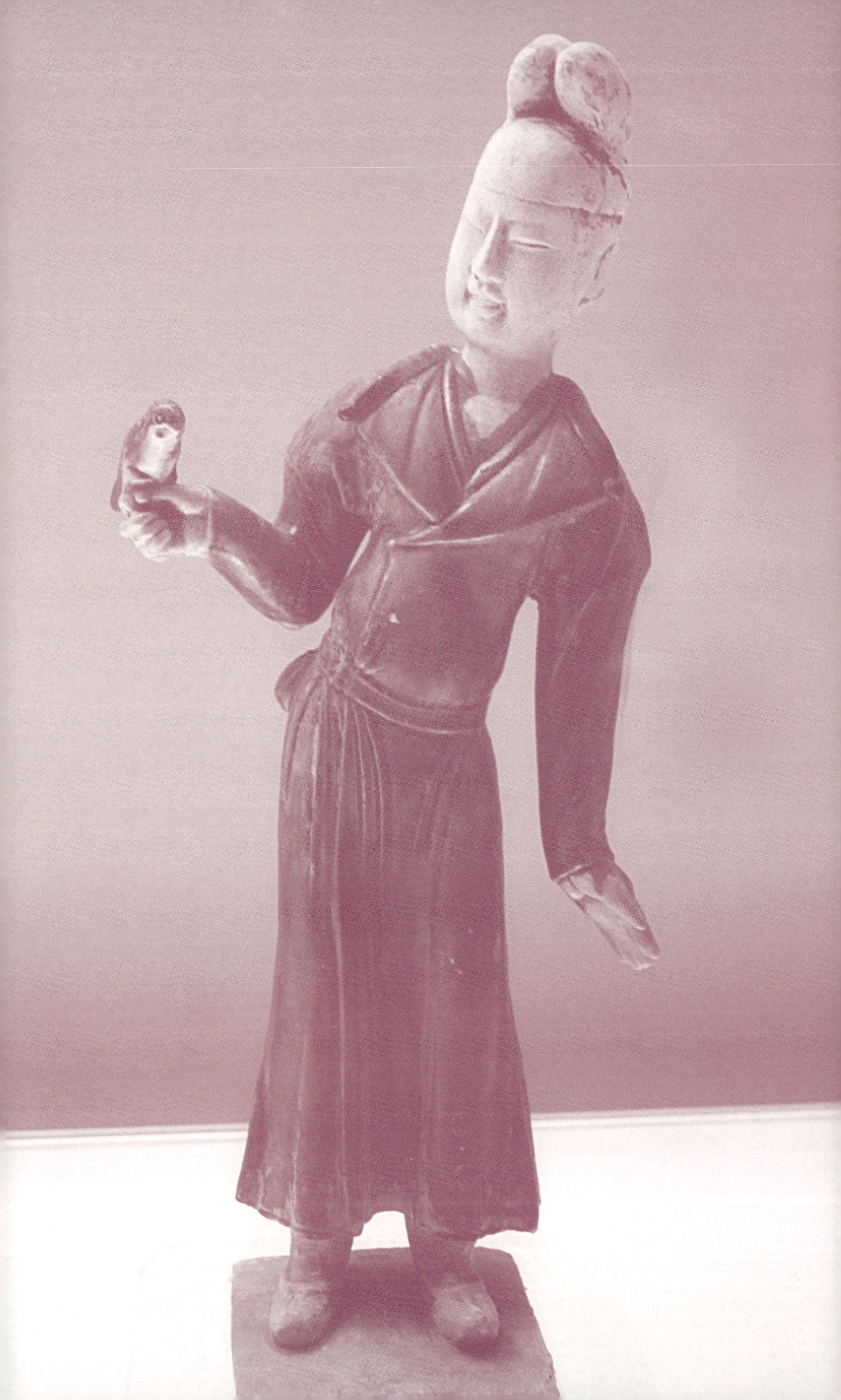

图书在版编目（CIP）数据

唐诗百品 / 苏若荻编著． —北京：经济科学出版社，2016.4

（品读诗词中国）

ISBN 978-7-5141-6765-8

Ⅰ．①唐… Ⅱ．①苏… Ⅲ．①唐诗—诗歌欣赏 Ⅳ．①I207.22

中国版本图书馆CIP数据核字（2016）第061740号

编　　著　苏若荻
责任编辑　孙丽丽
装帧设计　鲁　筱

唐诗百品

出　　版	经济科学出版社	
	地　　址	北京市海淀区阜城路甲28号
	电　　话	总编部电话（010）88191217
		发行部电话（010）88191522
	网　　址	www.esp.com.cn
	电子信箱	esp@esp.com.cn
发　　行	新华书店经销	
印　　刷	北京市十月印刷有限公司印装	
规　　格	710 mm×1092 mm　16开	
印　　张	14	
字　　数	250千字	
版　　次	2016年6月第1版	
印　　次	2016年6月第1次印刷	
标准书号	ISBN 978-7-5141-6765-8	
定　　价	56.00元	

著作权所有·请勿擅自用本书制作各类出版物·违者必究
如有印装质量问题·请与经济科学出版社发行部调换